Frédéric Fort

Une campagne de bravoure et de feu

Récit/Roman

Edilivre

Du même auteur :

Peintures des astres (*Euredit*)
Blues des anges (Société des écrivains-publibook)
Écrins de vie (société des écrivains-publibook)

Et aux éditions Edilivre :

– Liqueurs de lune
– La course au bonheur
– Charmes d'étoiles
– Recueil d'un vampire
– Clairs de saisons
– L'ombre de Maider tome 1 (roman)
– L'ombre de Maider tome 2 (roman)
– Un jardin de Noel (contes)
– Une mélodie de Pâques (contes)
– Embruns de ciel
– Fleurs des astres
– La ronde des vents (contes)
– L'arbre à rêves
– Mots de femmes
– Le bal des étrennes (contes)
– L'amuse cœurs

A mon Grand-père Henri Fort,

pour Catherine et Bernard,
Deux belles âmes qui quelque part auraient pu avoir un proche ayant vécu cette anecdote sur leur sentier de vie en reflet à la seconde guerre. Bien amicalement par l'auteur Frédéric Fort le 12 novembre 2021 à Livre et Mer Concarneau.

Amitiés à tous les deux.

Frédéric

Dans la bataille ou la tempête
Au refrain de mâles chansons
Notre âme au danger toujours prête
Brave la foudre et le canon.

Homme de fer que rien ne lasse,
Nous regardons la mort en face
Dans l'orage qui gronde ou le rude combat

En avant !
Pour faire un soldat de marine
Il faut avoir dans la poitrine
Le cœur d'un matelot ou celui d'un soldat…

(Extrait de l'hymne de l'infanterie de marine)

Avant-propos

Le 1er avril de l'année 1943 le régiment d'infanterie colonial du Maroc se transforme en régiment de reconnaissance de la 9éme D.I.C (Division d'infanterie coloniale) ainsi susnommé le 3ème RICM sous les ordres du lieutenant-colonel Le Puloch.

Pour en revenir à la 9e division d'infanterie coloniale (ou 9e DIC) celle-ci a été créée le 15 juillet 1943, en Afrique du Nord, avec des unités coloniales venues de l'Afrique-Occidentale française ou qui tenaient garnison au Maroc et en Algérie. De nombreux évadés de France ayant gagné l'Afrique du Nord par l'Espagne vinrent grossir ces unités. À l'époque, la 9e DIC était en majeure partie composée d'africains venus de tous les territoires de l'AOF soit l'Afrique-Occidentale française qui était une fédération groupant, entre 1895 et 1958, huit colonies françaises d'Afrique de l'Ouest, avec l'objectif de coordonner, sous une même autorité, la colonisation française sur le continent africain

La 9e DIC était alors l'une des composantes de la Première Armée française du général de Lattre de Tassigny. La 9e DIC fut requise pour appuyer l'offensive que les alliés poursuivaient sur tout le front. Dès les premiers jours de novembre, l'action se dessinait. Les Vosges, ayant opposé leur barrière à l'avance de l'armée française, c'est par la trouée de Belfort que celle-ci chercha la percée. Son régiment de reconnaissance atteignit le Rhin et, fin novembre, la division participa à la libération de Mulhouse… Le RICM sera le premier à atteindre le Rhin, l'aspirant Delayen y trempera le fanion de son escadron à Rosenau le 20 novembre 1944. Fin novembre, le RICM monta à Mulhouse. La 9e DIC s'empara de près de deux cents villes ou villages, parcourant environ trois cents kilomètres, anéantissant cinq divisions allemandes.

La campagne de la libération coûtera au RICM 54 marsouins (dont 2 officiers), 143 blessés (dont 6 officiers).

Deux citations à l'ordre de l'armée vinrent alourdir la cravate de son drapeau.

Une décoration américaine, la Distinguished Unit lui sera décernée avec le droit au port permanent pour l'excellence de son comportement lors des combats dans la trouée de Belfort, Mulhouse, et Seppois-le-Bas…

Après la passe d'arme, le 3ème escadron du régiment fut placé sous les ordres du capitaine Vial qui sera vite remplacé par le capitaine Cochet. A compter du mois d'aout 1943 ce 3éme escadron perçut son matériel de guerre. Dès octobre celui-ci se déplaça vers l'Algérie. Durant l'hiver de 43 et 44 il suivit un entraînement important sous l'impulsion énergique et personnelle de son chef le colonel Le Puloch. Entre maniements des armes, intensité de sous l'emprise du feu propre à renforcer son image, son corps se teinta d'une expérience qui commençait à germer en lui avant de continuer son périple de campagnes. Ainsi après la campagne de Toulon puis celles du Doubs, eut lieu la campagne d'Alsace du 17 novembre 1944 au 26 novembre 1944 emportant dans son phare, bravoure, peur, moral, mort, combats, devoir et servitude au sein de ses soldats dont mon grand-père Henri Fort fut l'un des braves rescapés parmi tant d'autres au cursus de leur devise régimentaire :

« Il revint immortel de la grande bataille »

1er mouvement

En ce jeudi 16 novembre 1944, après la campagne d'Alsace de Gevincey qui fut une réussite humble et brave, le 3ème escadron du 3ème régiment d'infanterie de chars de marine entre Rhin et Danube se trouvait en l'attente de nouveaux ordres concernant la suite des opérations à mener. Le capitaine Cochet s'en revint, mi mâtines, d'une réunion relativement courte mais digne d'intérêt de chez le colonel. Avec un sourire dont la feinte sérénité ne trompait personne, ses derniers mots résonnaient encore en lui et il s'en était imprégné au possible afin de les transmettre à ses hommes. Effectivement les ordres étaient qu'une fois de plus l'escadron irait marcher hors du sein régimentaire, fier de son image et de ses appointements en cette rude période de guerre. Il le fallait coûte que coûte, quel que soit le moral de ses hommes. D'autres ordres plus élaborés devraient leur parvenir dans la soirée. Le reste de la journée promettait d'être long en la langueur monotone du froid et de l'attente avant de mener les hommes au combat dont certains en imaginaient être les héros ou les victimes selon le moral du jour. Qu'à cela ne tienne, le temps n'était pas à se laisser aller à la rêverie. Le feu était proche et l'émanation de l'engouement guerrier se faisait ressentir en l'appréhension de chacun. Le fusil prêt à se nourrir d'un assaut futur.

Le capitaine, fier de son allure et de ses médailles qui ne tarderaient plus à lui être remises bon gré mal gré, fut mis à la disposition du sous groupement de Beaufort. Pour la parenthèse, le lieutenant-colonel Grout de Beaufort, Promu le 06 octobre 1944, était déjà chef d'escadron. Le 16 novembre 1944 le commandant du CC2 donna au colonel de Beaufort le commandement du groupement qui comprenait, le 50 RCA moins un escadron, le 1er bataillon du 1er zouaves moins un escadron, le III/68° d'artillerie moins une batterie, l'escadron de reconnaissance Ardant, l'escadron de T.O. Giraud, la I/88° génie moins une section, et donc un escadron de reconnaissance du RICM, un bataillon du 9. Les blindés préparés et équipés comme il se devait n'eurent de cesse d'aller en courants opposés vers Maiche et Sancey Legrand. L'impatience parfois grandissait et taraudait le cœur et l'âme. Enfin les derniers ordres leur parvinrent tard dans la soirée pour le lendemain. Il en fit part à ses hommes à l'écoute alors que de la neige fondue commençait à tomber :

– Messieurs ! Fiers Soldats ! L'escadron devra se tenir prêt à faire mouvement demain 17 novembre à 7Heures. Notre mission générale sera de nous tenir prêts à faire mouvement sur l'axe Hérimoncourt-Morvillars qui devrait représenter une bonne quinzaine de kilomètres. Soyez au garde à vous ! Aucun retard ne sera excusé ! D'autres ordres arriveront à ce moment-là vers les quatre heures du matin. Go !

La nuit fut courte, froide et peu généreuse. A trois heures du matin, l'éclaireur 2ème classe Henri Fort, d'une audace remarquable, et son binôme Dupoizat se réveillèrent au gré du mouvement pré matinal au sein de l'escadron déployé autour d'une activité fébrile. La gelée était là, répandant une opiniâtre blancheur nocturne ! La neige fondue de la veille s'était transformée en verglas. Chacun, malgré l'intensité du froid automnal, se rendit au cantonnement des voitures. Dès les quatre heures du matin sous le dur du gel les moteurs déjà chauds s'apprêtaient à prendre la route. Mais retard oblige, l'ordre n'était toujours pas arrivé. Un mauvais air de fausse alerte flottait dans l'air, mais cela était malheureusement commun en cette dure période. On ne savait nullement à quoi s'attendre d'une minute à l'autre. Les troupes de l'escadron se lassaient et finirent par se mettre à l'abri. Ce n'était pas l'heure de tomber malade pour rien ! Mieux valait rester au chaud tant que c'était encore possible.

Enfin trois heures plus tard, sur le coup des 7h00, le téléphone sonna. L'ordre fut de se présenter à l'embranchement de la route de Provenchère à Villars-sous-Dampjoux. Enfin ! Tous, fidèles à leur poste, se mirent en branle-bas avec une agitation sereine, efficace, souple et manœuvrière. Digne de ce que les marsouins génèrent en leur servitude appropriée et affaitée au gré de leur belle allure de soldats français.

A leur stupéfaction en arrivant sur place, les hommes se rendirent compte qu'ils n'étaient pas les seuls à être au rendez-vous. L'air, d'autant plus vif, piquait les yeux de chacun. Des questions taraudaient les âmes des guerriers en manœuvres. Certains révisèrent leurs armes, d'autres les transmissions, le matériel de secours, tandis que d'autres encore se remémoraient leur vie civile sans évoquer la peur qui nouait parfois leur estomac. Quoi qu'il en fût la fierté de défendre leur pays les touchait à cœur avec le sourire en baïonnette et l'écouvillon au garde à vous.

Ils traversèrent les Rosiers et vers 8h00 la trame s'arrêta aux Champs du Moulin. Joli point d'escale. Le soleil enfin osa se montrer offrant un tonus de clarté sur la ligne d'horizon. L'adrénaline montait aux hommes comme un fusil prêt pour l'assaut le cœur en joue. Pérennisés par le ciel offrant sa clarté d'émotion face à l'horizon, ils savaient que l'ennemi était aux aguets dans les bois comme à la lisière des villages qu'ils allaient investir, prêts à engager le tir sans pitié en une leur valeur chère à leur cœur : remporter coûte que coûte cette guerre, sachant que la défaite serait impitoyable à leurs yeux allemands.

Henri se sentait le cœur à l'ouvrage et son binôme lui fit un clin d'œil, puis tapa dans ses mains pour en activer le sang en cherchant, comme beaucoup, un petit coin pour se réchauffer grâce à la timide apparition du soleil. Qu'en était-il pour l'ennemi ? se questionnaient quelques-uns. Que pouvaient-être leurs pensées en ces durs moments alors que la conquête allemande était en déficit depuis le débarquement ? Après tout ils n'étaient que des hommes devenus soldats tout comme eux.

Les heures passèrent, tout prenait une allure longuette et quasi lancinante. Le manque d'action pesait et faisait que chacun s'interrogeait sur l'avenir. Oui l'avenir… Et lequel ? Celui de la victoire d'une prochaine bataille ? Celui d'une défaite malencontreuse ? Celui de la perte d'un copain d'arme ? Celui d'une bravoure faite de feu et d'armes en l'attente d'un assaut final ?

Quelques voitures à vide croisaient la route de la troupe afin de se réapprovisionner en munitions. Il ne fallait certes pas en manquer ! Chacun vaquait à la guerre à sa façon selon son régiment. Leurs occupants ne savaient rien. Ils étaient somme toute comme l'escadron en cette matinée qui s'achevait. Tous suivaient ou attendaient des ordres à venir. Le 2ème classe Brissaud, agréable compagnon de fortune et de partage, fort émoustillé par le soleil et en quête d'aguerrir le moral de ses amis, fit des gambades sur le rebord du fossé tout en faisant des gestes à ses compagnons d'armes qui l'observaient comme s'il avait perdu la raison. Cela avait pour manière de détendre l'atmosphère avant de lancer :

– Alors Brissaud on attaque en danseuse ? s'en amusèrent quelques-uns ? Brissaud en laissa tomber son casque et en voulant le rattraper il tomba de tout son long dans le fossé. Il en sortit promptement en s'écriant :

– Ben dame ! Me voilà beau !

Le soldat se sécha tant bien que mal tandis que d'autres de ses compatriotes lui lancèrent :

– Alors Brissaud on a brisé le seau… d'eau ?

– Ah ça c'est malin les gars ! Enfin je peux vous dire qu'elle est fraîche !

Chacun se prit à rire chacun. Ce qui ne manquait pas d'offrir du tonus à leur moral et qui changeait allègrement les idées. Reprenant leur moitié de sérieux, Dupoizat demanda à Fort pendant que Brissaud se séchait au mieux.

– Et toi Henri, toujours pas au goût d'attacher ta jugulaire ? Ton casque finira par s'envoler un jour !

– T'inquiète donc pas pour moi ! Y a pas de risque ! je suis porté au clou et crois-moi c'est loin d'être de la girofle !

– C'est comme tu le sens l'ami ! Mais si tu prends une balle… Viens pas te plaindre !

– Donne-moi plutôt cinq balles pour qu'on se refasse à la belote ! Le reste j'en fais mon affaire ! Mais c'est gentil de t'inquiéter pour moi.

– Pas de quoi l'ami, mais fais gaffe quand même !

Treize heures sonnèrent quand arriva l'ordre de reprendre la progression. Il était temps ! La première destination était Autechaux proche de Montbéliard. La troupe s'y rendit, avec un pincement d'adrénaline à l'âme, en passant par Villars-les-Dampjoux et Pont de Roide. De la route qui montait à Autechaux les hommes aperçurent dans le fond de la vallée des « Panther » retournés, à priori détruits par les fantassins qui étaient passés par là eux aussi. Certains regardaient ce piètre spectacle de destruction avec un pincement au cœur mais fiers de savoir que leurs troupes en étaient les auteurs.

D'Autechaux ils continuèrent vers Blamont qui se trouvait approximativement à deux heures trente selon la vitesse et la puissance de croisière des véhicules. Les hommes du RICM oublièrent l'espace d'un instant, leurs fantassins qui à pieds, nantis seulement d'imperméables, de courage et d'une couverture, progressaient vers le Nord Est. Henri, fier de solidarité y pensa malgré tout et en fit part à son binôme Dupoizat qui acquiesça. La colonne continua sa progression chargée de l'odeur de la poudre titillant le cœur de ses fiers soldats.

Au carrefour de Roche les Blamont l'émoi des hommes offrait bien malgré eux un avant-gout d'effroi lorsqu'ils découvrirent que le village avait sérieusement été bombardé ; Des trous d'obus se chevauchaient les uns aux autres. C'était limite praticable. La colonne s'arrêta et un instant de repos fut octroyé. L'adjudant Carlier, qui avait rattrapé le groupe, en profita pour distribuer le courrier. Henri avait reçu une lettre : la famille, qui se débrouillait comme elle le pouvait. Les tâches à la maison étaient difficiles en cette période. Idem pour Brissaud. Tandis que Dupoizat venait d'apprendre que la boutique alimentaire familiale venait d'être détruite. Non ! La guerre n'avait rien de bon ! Allaient-ils un jour retrouver leurs proches ? Une vie normale ? Point ne fallait trop y penser lorsque cœur à l'ouvrage de la guerre, la France devait retrouver sa liberté. Et quelle liberté au bout de cinq ans ? Cela allait-il un jour s'achever ? Aguerrie plus que jamais, une fois les lettres lues, la colonne repartit en traversant Thulay, où devrait-on dire, les ruines de Thulay, puis descendit vers Hérimoncourt.

Sur le bord de la chaussée gisait une Jeep éventrée avec deux cadavres dedans. Vilain spectacle ! Cela interpella chacun des hommes du peloton sur le fait que dès à présent ceux-ci devaient se méfier des mines appelées communément « Schrapnellmine » ; l'une des premières mines bondissantes et des plus connues d'une large série de mines anti personnel développées et fabriquées en Allemagne dans les années 30 puis passablement utilisées par les forces allemandes durant cette néfaste période 39-44. Une fois déclenché, l'engin était propulsé dans les airs à la hauteur de la ceinture et envoyait horizontalement à haute vitesse une nuée de projectiles incandescents.

Ils longèrent avec méfiance, crainte et sur le qui-vive une verte prairie parsemée d'humidité due à la fonte du gel. Ouf ! Aucune mine n'avait explosé. Deux batteries de « Buster » tiraient vers le Nord-Est. Les tirs résonnaient dans les tympans des soldats qui s'empressèrent de se boucher les oreilles. L'effroi s'empara de certains tandis que l'excitation chatouillait d'autres. La progression continua jusqu'à la tombée de la nuit le temps d'arriver jusqu'à Hérimoncourt. Le froid pénétrait l'horizon au suivi de leur progression. Une fois dans le village, la fatigue taraudait le moral de chacun. Une pose s'imposa sans omettre que les hommes devaient rester sur leur garde et surtout sans oublier qu'ils étaient en campagne de guerre et qu'en campagne de guerre, le fusil ne devait jamais perdre de sa splendeur. A peine cet instant de repos savouré, l'escadron se remit en marche et s'installa en hérisson autour d'une petite place tandis que le peloton Martin, lui, poussa une reconnaissance vers Audincourt sur cinq kilomètres. Il s'en revint, pour la satisfaction de tous, sans rien avoir vu. Enfin une trêve qui permettait à l'escadron de reprendre quelques forces sans souci majeur à l'horizon. Mais pour combien de temps ? A quel prix ? Tous cherchèrent, grâce cet instant de répit, un petit coin pour dormir. C'était peu demander mais cela apportait beaucoup. Hélas…

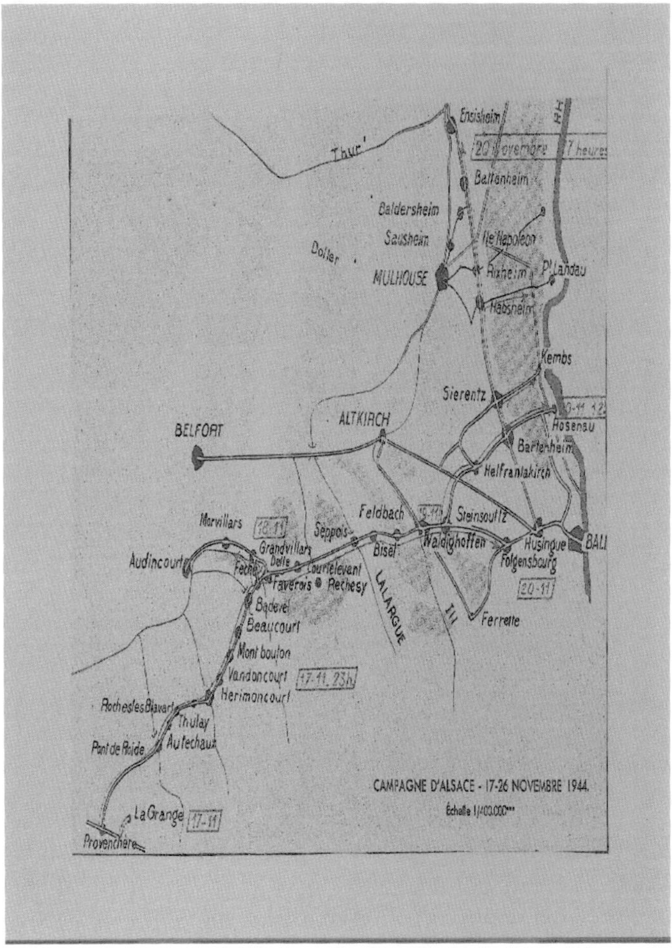
Ensisheim
20 Novembre 17 heures
Thur
Battenheim
Baldersheim
Sausheim
Ile Napoléon
Doller
MULHOUSE
Rixheim
Pt Landau
Habsheim
Kembs
Sierentz
ALTKIRCH
BELFORT
Rosenau
Bartenheim
Helfrantzkirch
Morvillars
18-11
Feldbach
Steinsoultz
Seppois
Grandvillars
Bisel
Waldighoffen
Husingue
Folgensbourg
Audincourt
Delle
Courtelevant
Fèche
Faverois
Rechesy
20-11
Badevel
Beaucourt
LA LARGUE
ILL
Ferrette
Mont bouton
Vandoncourt
17-11. 23h
Herimoncourt
Roches les Blamont
Thulay
Pont de Roide
Autechaux
CAMPAGNE D'ALSACE - 17-26 NOVEMBRE 1944.
La Grange
17-11
Provenchère

2ème Mouvement

A vingt heures trente un ordre de repartir arriva soudain ; direction Vandoncourt. La nuit était d'un noir de jais. La route grimpait en lacets le long d'une colline boisée. La visibilité était mauvaise et renforcée par le fait que les véhicules roulaient tous feux éteints. Le half-track-Salles (Le char blindé) quitta la route et s'arrêta à un arbre. Avec son équipage, ils attendirent le lever du jour et « l'échelon ». Sur le plateau la clarté se faisait plus présente, ce qui renforçait la sécurité pour apercevoir l'ennemi où déceler une quelconque embuscade.

Les hommes en faction aperçurent une longue colonne de petits feux bleus clignotants qui serpentaient à travers la campagne, il semblait y avoir une foule de soldats alliés. Le canon s'était tu. L'ennemi paraissait absent ; leurre ou condition sine qua non d'une pause qui annonçait la tempête après l'accalmie ?

L'attente dura jusqu'à minuit. La température était glaciale. Le peloton arriva ensuite à l'entrée de Vandoncourt mais il n'était pas question d'y entrer tant le village était bondé par la plupart des véhicules du groupement Beaufort qui formaient dans la rue centrale un encombrement indescriptible. Les hommes étaient légèrement surpris d'apercevoir autant de mouvement à ce point stratégique. Seul le Half-Track du capitaine réussit à s'y introduire. Le reste de l'escadron s'arrêta sur le bord de la route et y passa le reste de la nuit. Mais avant de dormir un peu, les hommes en profitèrent pour nettoyer leurs armes et vérifier leurs brêlages de missions tactiques. Une arme propre est une survie assurée ! Une survie assurée est une bataille prête à être remportée ! Ensuite chacun s'arrangea comme il put pour trouver un confort raisonnable dans sa voiture car il n'était pas question de se coucher sur la terre détrempée et gelée. Le froid était là, les gerçures se formant au coin de certaines lèvres, la vapeur s'échappant de la bouche de ceux qui parlaient.

Le capitaine du half Track s'était débrouillé pour trouver une maison vide en évitant de trop penser à ce qu'il était advenu de ses propriétaires. Il s'y installa dans son débarras. Le sergent Seti découvrit une cave sous une trappe qui ne manquait pas de provisions pour réchauffer leur cœur ! Ils sablèrent du bon champagne puis s'empiffrèrent de fraises et de douces friandises à la santé du propriétaire absent non sans oublier le commandant en second. Ils en profitèrent pour remplir le coffre afin de ravitailler les autres hommes dès qu'il en serait possible. Ça vous ravigotait un bonhomme en peu de temps ces douceurs-là !

Le temps de repos fut vite raccourci car sur les trois heures du matin une alerte générale retentit. Allait-il y avoir du remue-ménage ? Non pas tant que ça. Le bombardement des lignes de défenses allemandes continuait de plus belle mais c'était bien plus loin : l'on entendit de longues rafales de mitrailleuse entrecoupées de coups de feu isolés ; L'horizon était tout illuminé, des balles traçantes montaient vers le ciel ou allaient se perdre on ne sait où ; l'on devinait des combats meurtriers qui se déroulaient pour enfoncer les lignes allemandes et leurs soldats bien retranchés. Des rafales de mitrailleuses balayèrent encore l'horizon à l'est du village. Cela ne dura pas plus d'un quart d'heure. Des frissons secouèrent le cœur des hommes éveillés puis tout le secteur se rendormit comme si rien ne s'était passé. Le clair de lune du reste de la nuit paraissait veiller sur l'escadron donnant aux hommes le temps d'inventorier les munitions prêtes pour l'offensive à venir. Fort et Dupoizat, entre deux tours de garde, ronflèrent de bon cœur.

Le petit matin faisant carillonner ses sept heures, le peloton Martin se mit en route en prenant la tête de l'escadron renforcé d'un peloton de Sherman sur l'axe Montbouton, Fêche l'église, Morvillars. Sans imaginer ne serait-ce qu'une seconde qu'en ce 18 novembre allait naître sur les coups de 10h00 à Hérimoncourt, au premier étage d'une maison restée debout, un certain Michel Laporte, l'un des premiers bébés de la libération !

Arrivé à Montbouton, quelques-uns des hommes du peloton arraisonnèrent un véhicule léger conduit par deux Fritz qui venaient les rejoindre. Leur affaire fut vite réglée au combat rapproché ! La voiture s'intégra dans le peloton. Un dépôt de matériel fut découvert et vite inventorié. C'était une belle petite prise. Les collections de bouteilles thermos de toutes formes venaient améliorer l'organisation intérieure des S.C. Quelques P.38 vinrent également agrémenter la collection de certains « tartarins ». Après cette bonne besogne qui ne manquait certes pas d'intérêt, le peloton repartit droit sur Beaucourt. Le peloton Mars y arriva en même temps que Martin, qui lui, avait évité Montbouton en prenant la route directe menant de Vandoncourt à Beaucourt.

La foule, belle survivante des échauffourées régionales de cette période sanglante et ténébreuse, filait à son comble sur les trottoirs et offrit du bon vin blanc aux soldats sans compter les bonnes bouteilles de schnaps qui furent distribuées à beaucoup afin de leur donner du cœur à l'ouvrage, et accompagnées de fleurs et de baisers envoyés par les demoiselles avides de retrouver la liberté. Brissaud en fut tout émoustillé ! Henri en garda fleur sur le cœur, Dupoizat nota une adresse ! Ce petit instant mémorable passé, le peloton continua sa trajectoire suivi par ses adorateurs.

A la sortie de Beaucourt, un obstacle imprévu fit surface. Cet obstacle n'était autre qu'une palissade de rondins de bois solides qui, au grand désarroi de la troupe, barrait la route. Après concertation, Les Sherman essayèrent de l'enfoncer, en vain, rien n'y fit. Les civils les plus courageux et les plus valides du village se précipitèrent vers l'obstacle et à l'aide de barres à mines puis de scies achevèrent avec fierté le travail entamé par les Sherman.

La colonne, durant ce laps de temps, s'était arrêtée dans Beaucourt. Elle n'était pas réellement entrée dans une ville mais bel et bien dans la morne torpeur des blessures de la guerre. Heureusement, au soulagement des soldats, des filles et des enfants imprégnés par la joie de voir des militaires français, grimpèrent dans les voitures. Cela pimenta la routine guerrière. Lorsque la colonne repartit, tous ces passagers supplémentaires fiers et contents, demandèrent la permission aux soldats d'effectuer une bonne centaine de mètres avec eux. L'obstacle de rondin céda enfin dans toute sa largeur ! Une fois lâchée la cargaison des passagers imprévus, mais qui avaient fait la joie des soldats dont certains garderaient longtemps la trace d'un baiser volé, l'escadron fonça vers Badevel en essayant au possible de rattraper le retard encouru. L'aspirant Bigeon prit la tête.

Lorsqu'ils arrivèrent dans Badevel, tout à leur soulagement, ils ne virent aucune trace de Fritz qui auraient pu mener à de nouveaux échanges de tirs. C'était toujours ça de pris pour économiser les munitions et le moral guerrier. Les allemands avaient décampé après avoir, sans nul doute, essayé de faire sauter le pont de la route menant à Fêche-l'Eglise. Henri en profita pour lancer à l'assemblée, avec un brin d'humour propre à lui, une boutade à l'encontre de l'ennemi :

– Dites les gars ! on ne risquait pas de trouver les Fritz ici vers Fêche car les Boch sont loin d'être des flèches !

Ses compagnons d'armes se mirent à rire. Et pour preuve, cette anecdote n'était pas si fausse car le pont était quasi intact. Ce, forcément dû à une charge explosive mal posée. Seules quelques maisons avoisinantes avaient été touchées. Les soldats eurent une pensée pour leurs propriétaires qui avaient étés dans l'obligation de fuir Dieu ne savait où et peut-être malheureusement tués. Heureusement, le pont était intact, car sans pont plus d'avancée possible sauf faire des kilomètres de détours au risque de se faire allumer par l'ennemi et de perdre un temps inestimable. Le peloton Martin passa et Dupoizat, après le calembour de son binôme envoya :

– Heureusement que le pont n'a pas sauté sans ça, cela nous aurait Fêche… ier !

Qu'est-ce qu'il ne fallait pas entendre ! Mais cela faisait aussi parti de la force de moral des hommes et donnait de l'engouement à l'avancée du convoi, les délivrant ainsi au travers de petits plaisirs, de cette pesante menace apparentée à toutes les âmes errantes allemandes prêtes à contrer leur offensive. Mais ces petits instants de détentes et de petits plaisirs furent vite interrompus ! En approchant de Fêche des tirs résonnèrent, divers coups de feu venaient de la lisière du bois. Entre fragments d'effroi et la ténacité des hommes face aux combats à venir, la patrouille de tête fut prise à partie sous les tirs venant de la crête qui longeait la route à 300 mètres sur la gauche. Certains soldats plongèrent au sol. La riposte fut violente. Les détonations se succédèrent et formèrent un vacarme infernal au milieu duquel les voix humaines semblent bien ténues. Les rafales de tirs s'enchaînaient les unes aux autres sous l'odeur putride et piquante de la poudre. Les gars de la patrouille n'étaient pas faits pour se laisser faire. Ils ne lésinèrent pas sur la munition ! L'aigre échange de tirs ne faisait pas dans la dentelle. Les agresseurs finirent par se replier assez vite sous les semonces incessantes des fusils semi-automatiques français. Aucun blessé du côté français. D'après les renseignements obtenus avant le départ de Lagrange, cette lisière aurait été une ligne de résistance maintenue par des fossés anti-char, des barbelés, des blockhaus et des tranchées mais qui ne semblait pas être très tenue. Ce au grand bonheur et à la chance de la colonne de tête qui aurait pu essuyer de lourdes pertes humaines autour d'un combat plus long comme sous des lancées de grenades mortelles. Bigeon, de son côté, fonça dans Fêche. Les allemands filèrent sous l'avancée des Jeeps et gagnèrent les bois. Les hommes de la patrouille réapprovisionnèrent leurs armes, arrivés au carrefour de Granvillars, ils marquèrent un temps d'arrêt. Des coups de feu rugueux s'échangèrent. Cela pétaradait ici et là jusqu'au repli de certains Fritz qui étaient pris dans une sorte de tenaille. « Ne laisser à l'Allemand aucune chance de s'échapper ; libérer le coin intact et faire savoir à la population survivante qu'elle était enfin libérée. »

Le peloton Mars, au départ de Beaucourt, progressa par Dampierre et revint sur Badevel où il attrapa le poste de commandement. Celui-ci, qui s'était arrêté depuis une heure, fut choyé par la population miraculée. L'heure était aux festivités même à cet endroit de la progression de la campagne. Il en fut du bon coup de coude ! Byrrh par ci, petit coup de bon blanc d'alsace par là et une bonne goute de Kirch pour agrémenter le tout.

– Allez donc fiers soldats ! Cela ne vous fera pas de mal ! Ce n'est que du bon ! clamaient les plus accueillants !

Brissaud, qui ne voulut faire de peine à personne, se laissa aisément persuader et demanda s'il il n'y aurait pas du saucisson à l'ail quelque part. Mais vers 10h, il ronflottait au fond du Half Track. Henri en lâcha un bon sourire fantaisiste en se disant qu'il en aurait bien fait autant et qu'un bon « à l'ail » n'aurait fait de mal à personne. Il était 10h45 quand le capitaine envoya le peloton Lartigue vers Dampierre le bois, dans le but d'assurer la flanc-garde du dispositif. Les observateurs du peloton Martigues, de leur côté, étaient aux aguets lorsqu'ils aperçurent du mouvement sur les lisières longeant la Feshotte et dans une usine jouxtant le bois. Le lieutenant Lartigue y envoya une patrouille volontaire menée par le sergent-chef Cussac. Héricourt, Patroni, Vernazza, Lécrivain et Dasvin, les hommes qui l'accompagnaient, avaient une forte confiance en lui et n'en démordaient pas de l'accompagner au combat.

La patrouille, aux aguets renforcés, progressait à son rythme. Celle-ci traversa la Feshotte sans encombre. Elle longea le bois puis, à la surprise des soldats, fut prise à partie par la sommation de Sturmgewehr (fusils d'assaut allemands) qui occupaient la position défense signalée dans les bulletins de renseignements. Des échanges de tirs s'engagèrent voués à ce que la guerre est au cœur d'un soldat prêt à mourir et fait ressortir ce que l'homme a déjà en lui : le pire comme le meilleur ; le poussant au-delà de ses limites et lui faisant entrevoir en même temps sa part d'immortalité et sa condition humaine de simple mortel sous le joug de la bravoure et du feu.

– Tous les deux, derrière moi en couverture ! vite ! Patroni, foutez-les-moi au sol ! Dasmin, le PM go ! Héricourt, Lécrivain, avec moi ! Vernazza en appui ! s'empressa de commander le caporal-chef Cussac.

Chacun y mettait du sien pour tuer ou blesser l'adversaire. De l'autre côté on entendait rugir :

– Schnell die schmutzigen franzosen shieben ! Keine narchbarschaft ![1]

Un cri retentit parmi les hommes de la patrouille. Patroni était blessé à la cuisse. Malgré d'autres échanges de tirs et l'élan de bravoure des soldats, la patrouille se replia face à l'ennemi. Leur fierté en prit un coup mais cela aurait pu être bien pire.

[1] De l'allemand : vite tirez sur ces sales français ! Pas de quartier !

*

Pendant ce laps de temps entre coups de pétards et grivoiseries qu'avait essuyé Cussac, l'aspirant Doyen était parti avec une autre patrouille vers l'usine. Lui aussi, à sa mauvaise surprise, s'était retrouvé à partie cassante avec l'ennemi. Au bout de plus d'un quart d'heure de vains échanges de tirs et de diverses attaques à la grenade balayant l'horizon dans les deux camps, lui et ses hommes s'en sortirent sans dégâts personnels, hormis l'effroi d'avoir affronté des tirs bien chauffés sur l'engouement de l'ennemi qui ne voulait certes pas se laisser faire.

Vers midi, après avoir reconnu le pont de bois que les Allemands avaient laissé sur le fossé antichar et après avoir dégagé les abords des mines s'y trouvant éparses, la patrouille Bigeon s'engagea sur la route de Grandvillars. Le lieutenant Martin, de son côté, prit contact au préalable avec des éléments du 4éme escadron qui vinrent à leur droite en progression sur Delle par Thiaucourt. Bigeon avait franchi le pont sans encombre. Qu'allait-il en être pour ses Sherman ? Le pont allait-il supporter le poids de ces véhicules ? A peine le premier s'était-il timidement engagé que le pont craqua suivi de gémissements de bois taraudé par le passage de l'engin. Le pont tint le coup et fit que résida, au cœur de chaque pilote et soldat, bien plus de peur que de mal. Les autres des chars foncèrent à la poursuite des Jeeps.

– Il était moins une, hein mon lieutenant ? lancèrent les hommes.

– Oui fiers soldats ! La mère patrie veille sur nous. Allez ! Go ! On continue ! Ne faiblissons pas devant notre mission de progression !

Tout le long de la route, dans le sous-bois, se dévoilaient les divers préparatifs de défenses comprenant les tranchées, les abatis… Mais l'ennemi, à leur bonheur du moment, n'avait pu exécuter ses projets faute de l'arrivée des troupes françaises fières de leur labeur même si de dures échauffourées eurent lieues. La patrouille déboucha des bois et « au Calvaire » aperçut la plaine qui s'étendait entre Grandvillars, Morvillars et Meziré. Sur la route Grandvillars-Morvillars passèrent des semi-chenillés trainant des 75 PAK. (Canon antichar lourd type de division d'infanterie qui avait remplacé, à partir de 1942, le 5cm PAK 36 dans ces unités allemandes). Deux des soldats se trouvant à bord d'un des Sherman en mirent un en joue. Le temps d'armer le canon, de viser à point et de dire feu… Baoumm ! C'en était fait de lui !

– Et un de moins ! s'exclama le tireur pointeur.

– Ça pour sûr ! C'est ce que l'on appelle du coup de canon !

Le colonel de Beaufort vint au calvaire et demanda que l'on occupe Grandvillard au possible et surtout au plutôt. La patrouille de tête repartit, à pied cette fois ci, afin d'effectuer une reconnaissance à l'entrée du village. A leur bonne joie celle-ci était libre. Ce n'était pas un mal autant pour le moral que sur le plan de l'économie de munitions. Les deux Jeep et le scout car Charpentier foncèrent jusqu'à la route de Delle-Morvillars. Au carrefour, tenace et menaçant, le « Boche » tient encore. Quelle buise que cet ennemi-là ! On pouvait aisément comprendre le ras le bol des anciens en 14 face à leurs têtes d'anguilles écaillées ! La rue fut prise subrepticement d'enfilade par une mitrailleuse, les tireurs s'en donnaient à cœur joie pour répondre à la menace de ces rafales. Il ne fallait pas perdre la face. Les éclaireurs firent merveille entre survie et fierté de rendre coups pour coups à l'ennemi. Chacun en rampant, afin de ne pas être touché par les projectiles ennemis, rendait un tir contre deux. Les pertes allemandes s'alourdissaient et renforçaient le moral pour la suite de l'ouvrage. Ils progressèrent même plus rapidement qu'ils ne le pensaient en empruntant cours et jardins puis atteignirent Crouzet. Le cœur de chacun battait la chamade.

C'est malencontreusement, en sautant d'un mur, qu'ils se retrouvèrent presque sur les servants d'une mitrailleuse opérationnelle. Des échanges de tirs fracassèrent l'horizon. Les soldats français ne lésinaient pas sur les salves de leurs pistolets mitrailleurs. Ensemencement fatal face à l'émotion de chacun face au combat rapproché, il fallait prendre le dessus sans quoi les soldats français étaient voués à l'échec. Il en allait de l'avenir de l'escadron. Le cri des blessés faisait parfois peur à entendre. La nature n'existait presque plus par endroit, les villages étaient devenus des champs de ruines pour certains. Pleurer huit fois pour en rire 11 et vaincre pour se battre. Telle était la ténacité des deux camps. Exprimer ou réprimer ses sentiments n'était point chose facile. Chacun était frère d'armes. Il fallait pour les Français perpétuer ce que les Américains avaient clamer lors du parachutage de juin :

« Hitler, prends garde ! On arrive ! »

Les allemands furent abattus au suivi de la besogne, l'odeur de la poudre et du sang régnant parmi les dégâts. De leur côté, Hulot, Bozonnet et Rochet ne chômaient pas non plus et firent place nette rapidement. Un vaguemestre allemand qui venait d'apporter le courrier arriva un petit quart d'heure plus tard. Le conducteur éructa :

– Was ist los ?[2]

Sans entendre de réponse il fut désagréablement surpris de voir une troupe française ici alors que qu'il pensait celle-ci arrêtée à Pont De Roide. Il fit demi-tour sans demander son reste à une vitesse qui amusa les Français qui n'avaient même pas eu le temps de faire les sommations d'usage. Mais il fut stoppé et fait prisonnier deux kilomètres plus loin.

Les sherman, ayant d'abord hésité devant la traversée du pont au passage limité à 14 tonnes sur la route de Grandvillars, finirent par oser l'avancée et passèrent sans heurts, à la grand joie de tous. Tout le monde finit par se rejoindre et le camp s'installa solidement. Une fois le camps opérationnel, le peloton prit des nouvelles de la patrouille Delayen, qui elle, était toujours accrochée. Oui, bel et bien accrochée, essuyant des échanges de feu mortels. Sur les 14h45 sonnant dessous la pointe élégante d'un reflet de soleil émergeant de la froidure, Trémoulet rendit compte qu'Huguenot était grièvement blessé.

Avec engouement, accompagné de la bravoure du

[2] De l'allemand : Que se passe-t-il ?

lieutenant Lartigue et de ses hommes, Il était l'heure de braver la poudre et le canon. Un canon arriva vite en renfort puis les tirs balayèrent la rangée allemande qui n'avait de cesse de répliquer. « Bougres ! Ils en voulaient ces fritz ! ». Delayen fit quatre prisonniers. Le reste des Boches s'enfuit par les bois. Malheureusement Patroni fut blessé à nouveau. Décidément ce n'était pas de chance pour lui ! « Les Allemands allaient payer sa carne ! » envoyèrent deux de ses amis en le soutenant par les épaules.

Le PC, pendant ce temps, s'était porté derrière Martin et arriva à Grandvillars juste à point pour recevoir la riposte allemande qui assaisonnait le village avec du gros calibre. Ah ils résistaient les bougres ! On n'y voyait presque plus rien, dessous comme face aux impacts d'obus. Les dégâts s'amoncelaient. Un obus énorme écorna la maison à côté de laquelle se trouvait le Half Track du capitaine. Quelle fatale explosion ! L'odeur âcre de la poudre prit aux narines de tous. De fortes toux résonnèrent. Les tirs dévastateurs, autour d'eux, portaient l'inquiétude et la frayeur dans leurs pensées. Touzalin était blessé ainsi que des zouaves qui étaient là eux aussi et qui malgré l'odeur de la mort les frôlant, étaient restés voués à décharger leurs armes avec hargne et persévérance sur l'ennemi. Ces bons gaillards-là ne manquaient pas de toupet ni de bravoure dessous l'infernal déluge de feu. Un autre obus éclata dans un arbre sous lequel le commandant en second dépouillait tranquillement le courrier vaguemestre Allemand. Il se sentait fier d'avoir fait prisonnier son chauffeur. Les zouaves, dans leur Half Track, furent encore touchés. Cela ne cessait pas. Ça pétaradait de partout entre éclats de pierres, éclats de goudron, amoncellements de ruines et arbres déchiquetés. Un autre obus éclata dans la maison proche de laquelle se trouvait le scout car Lambrecht. Le toit se vida dans la rue formant un amas de ruines macabres. Le scout car avait eu juste le temps de se déplacer pour ne pas recevoir cette manne meurtrière. Malheureusement l'équipage, tandis qu'il s'était collé entre deux murs, reçut briques et tuiles sur la tête. C'était une misère ténébreuse et le spectacle n'était pas beau à voir ! La pluie meurtrière et dévastatrice des obus continua jusqu'à 5H00, emportant dans sa mélodie macabre quelques hommes morts pour la France. L'angoisse gisait en l'âme des survivants qui étaient comme impuissants face à ce qui venait de se dérouler. Pensées et prières furent jointes en leur honneur. Le lieutenant Martin envoya une patrouille vers Boron. A son grand soulagement, celle-ci ne trouva rien et revint juste avant qu'un nouvel ordre arrive.

L'ordre qui venait de tomber était de faire mouvement sur Morvillars. La patrouille Dequin partit en tête accompagnée par les Sherman. A mi-route, la Jeep fut prise à partie. Cela avait la forme d'une embuscade. Une « Panzerfaust » (grenade de 6, 25kg) éclata derrière. Des rafales l'encadrèrent. L'arrêt fut brutal. Tous ses passagers bondirent dans le fossé. Les abris se faisaient rare sous la tempête des projectiles qui causaient des dégâts certains. L'ennemi, cré-vache ! Était dans la tranché perpendiculaire à la route et il ne se privait pas d'arroser et de contre attaquer. Des lisières de Morvillars partirent des coups anti-char de calibre 50. Devant la ferveur du combat à venir, le cœur et l'esprit en chamade l'un des gars lança :

– Ça va faire mal ! En joue ! Vite !

Le temps d'armer le canon du char, un tir de mortier de 120mm vint coiffer l'ensemble des tirs sous l'épais brouillard de poudre et de poussière. Il était temps ! C'était un capharnaüm meurtrier et dévastateur dont la fumée et les flammes tourbillonnaient en un syphon de désolation. Le Sherman tira. Les hommes à son bord étaient fiers d'avoir, en premier lieu, fait sauter une mitrailleuse de la tranchée signalée par Muller et en second lieu de n'avoir laissé aucun survivants ennemis.

Mais Muller fut malencontreusement blessé. Les scouts cars, au mieux de leur courage et de leurs réserves de munitions, faisaient des allers retours sur la route en renvoyant les tirs pour dérouter au possible les attaques antichars. Ce n'était pas une mince besogne. Cette campagne était décidément née sous le feu et la bravoure !

Dequin et Loret profitèrent d'un ralentissement de feu et bondirent dans leur Jeep. D'un fort coup d'accélérateur en marche arrière, ils décrochèrent comme ils purent. Sérieusement pris en face à face par l'ennemi, la chance était avec eux mais c'était trop tard pour Loret qui se retrouva encadré. L'ennemi étant sans pitié, une balle fracassa son volant. Une odeur putride de sang se répendit. Serindat mourut sous l'assaut sans quartier tandis que Wilbau, Lecler et Bercovici décrochaient en rampant dans la froidure et l'humidité du sol. Les Sherman augmentèrent les séquences de tirs qui enfin portaient leurs fruits jusqu'à ce que les Boches décampent et reportent leur tirs sur les lisières de Morvillars. Tout cela avant de se rendre, grâce au commandement, qui faute de pouvoir tenir le village à la tombée de la nuit, les fera se replier. Les chasseurs servant ses chars avait fait l'admiration du haut commandement :

– « Ils étaient gonflés et ils en voulaient ! »

– « Oui ! Des vrais, des purs, des durs ! Grand dommage pour Serindat ! »

Dès le début de l'engagement, le peloton Mars qui se trouvait au Calvaire, reçut l'ordre de pousser sur Morvillars par Mezire. Il fut renforcé par deux chars. Il se déplaça le long de la route qui longeait le bois. Mais à son aigre surprise il ne put aller plus loin. La route était coupée par un fossé anti-char et qui plus est, il n'y avait pas de pont. Le fossé était lourdement gardé. Les allemands ouvrirent le feu sans concession. De lourds échanges de tirs commencèrent.

– Attention à toi Fau ! Mince trop tard ! Pauv'vieux ! eut à peine le temps de lancer un soldat à son binôme avant que celui-ci ne soit blessé. Face à cette attaque massive, les scouts cars ne ménagèrent pas la riposte à la 50 ! Ça c'était du nettoyage ! Quel brouhaha de tirs allègrement nécessaire. Preuve en fut qu'au travers des bois, les Allemands qui avaient été pris sous la charge des tirs de Lartigue se replièrent et arrivèrent sur les arrières du peloton Mars. Par malheur le fusil mitrailleur d'Hommeril s'enraya et entre pertes et fracas la malchance s'enchaîna et il fut blessé. Martin Jean arriva à faire quelques prisonniers. Cela n'avait pas été une mince affaire mais le résultat était plus positif que ça aurait pu l'être. Quelques allemands furent tués tandis que d'autres s'étaient dispersés dans la forêt. Le Scout car Morales essuya une rafale de tirs qui perça son radiateur. Dieu merci, Morales était sain et sauf. Il s'en était fallu de peu. A la nuit, le peloton Mars se replia sur le Calvaire où il s' installa en poste avancé.

*

A 17h00, Lartigue, ayant réglé l'affaire de Dampierre, était arrivé à Grandvillars et s'installa vers la sortie Est étant donné que la sortie Ouest était tenue par Martin. Vers 19h00 un bruit assourdissant déchira la soirée dans un déferlement de poussière et de boue qui se multiplia. Le bombardement ennemi avait repris sur Granvillars et Fêche. Cela dura une bonne partie de la nuit. Impossible de fermer l'œil entre les tours de garde. Les pertes s'alourdissaient. Soubaux, alors qu'il s'apprêtait à tirer, fut tué net à son poste de guetteur. Kimberg, qui s'était réfugié dans une maison avait tiré toutes ses cartouches, fut exécuté alors qu'il se jetait baïonnette à la main sur l'ennemi tandis que Martigues boitait à cause d'un grave blessure au pied. Les combats n'en étaient pas à leurs termes. Rafales de mitrailleuses, explosions et impacts de grenades fulguraient en tous azimuts. Des Allemands furent tués dans Fêche au niveau du quartier où se trouvait l'échelon. Ça nettoyait un peu ! Mais au malheur de la lourde riposte, le sergent Pochard mourut sous l'assaut. Le lieutenant Sotum, qui sortit pour rapatrier le corps auprès d'eux puis pour mettre le véhicule à l'abri, fut balayé par un obus qui éclata à ses pieds. L'adjudant Novion vint le remplacer à la tête de l'échelon. Une accalmie de tirs fit qu'il resta sain et sauf. Le moral de l'équipe baissa suite à cette mauvaise période meurtrière. L'heure était au remaniement.

Remaniement

Trois jours après le premier mouvement, le 19 novembre à 7h00 du matin, l'escadron partit pour Delle. Il fut remis à la disposition du régiment. Une demi-heure plus tard l'escadron fut bloqué à l'entrée de Delle dû à un embouteillage. Des quantités de véhicules bloquaient les rues. Les soldats, dont certains commençaient à être à bout, durent prendre leur mal en patience jusqu'à 10h00 tout en pensant à leurs compatriotes décédés durant les deux derniers combats. Les blessés furent pris en charge dont certains allaient être rapatriés et soignés au mieux. Quelques-uns en profitèrent pour piquer un somme. Vers 10h00, ils purent enfin repartir et sortir de Delle sans autres encombres le temps d'atteindre le pont de Faverois. Une vaste prairie, dont le tapis dégelait sous l'opulence d'une percée de soleil, jouxtait le pont. Le peloton en profita pour s'y poser et ravitailler ses hommes avec le peu de rations de guerre et les quelques bribes de nourritures offertes par les villageois de Beaucourt et de Badevel. Brissaud ne put s'empêcher de demander s'il ne restait pas un peu de Schnaps. Les Sherman et les tanks destroyers passèrent à gué avec force et difficulté.

Le 4éme Escadron fut en tête du régiment et marcha vers Seppois. Les tireurs du canon Lartigue, mus par une intuition voulurent mettre en joue au cas où l'ennemi surviendrait par surprise. Mais hélas, à la surprise générale, le canon tomba en panne. Il n'y avait rien à faire. Il fut rapatrié jusqu'à Delle. Sans avoir eu le temps de nettoyer l'armement ni de se restaurer au mieux, vers 12H00 le 3éme escadron prit la marche du 4éme tandis que le 2éme, lui, partit sur Suarce. L'avancée paraissant se dérouler plus commodément en passant par Coutelevent fut obligée de faire halte à 5 ou 6kms de Seppois, là où l'ennemi engagea une forte résistance. 88 PAK (Pistole Automatik Knall), éléments à pied, étaient prêts à tout pour empêcher les deux escadrons d'avancer. Entre vains échanges de tirs, épais brouillard de feu et moral en poupe, le 4éme escadron en vint à bout dans un déferlements de pétarades ravageuses, mais non sans avoir perdu deux chars dont les flammes vinrent emporter l'équipage dans un flambeau mortel. L'équipage mourut rémission. Tant bien que mal, sans attendre que Seppois soit nettoyé par les guerriers du 4éme escadron, sans hésitation, le peloton Mars plus un escadron porté et deux canons de 57 foncèrent à travers le village et durent se porter sur Waldighofen. La rudesse et l'effroi du combat firent qu'à la sortie de Seppois, proche du cimetière, la Jeep Bazin se fit tirer dessus. L'ennemi visait juste et était paré pour le sans pitié. Bazin, balayé par l'éclat d'un tir, eut un morceau de joue arraché. Ce n'était pas beau à voir ! La patrouille réarma et riposta au possible avec hargne et bravoure tout en continuant sa route. Une route qui était ouverte sur bien de mauvaises surprises et sur l'aventure qui emportait les troupes françaises vers l'incertitude. L'heure n'était pas à se rendre ! Il fallait foncer dans le tas ! Destouesse s'empressa de remplacer Bazin en tête puis fonça sur Bisel,

Bisel qui d'ailleurs ne manquait pas de poivre pour rendre la pareille aux « Boches » ! « -Ah ceux-là, sacrées carnes, n'allaient certes pas être au goût du régime sans « sel » croyez-moi ! » lança celui-ci derrière le rideau de tirs. Avant d'y arriver, il reçut des coups de feu au lointain. Trop lointains heureusement pour qu'il y eut des dégâts. Les hommes ripostèrent pour la forme. Il reconnut, grâce à un peloton porté là, l'entrée du village puis se posta à sa sortie.

Une troupe allemande, qui s'était réfugiée et éparpillée entre diverses tranchées et les maisons, mit en joue le peloton et tira dans le but macabre de ne faire aucun quartier. La bagarre se chargea de rudesse sans compromis. Tatatata, broum ! Ahhh… Un cri perça dans ce chantier de misère, Destouesse était blessé. Les gars de GEP, malgré leur hargne et leur hardiesse à répondre aux tirs, furent blessés également. ça commençait à faire lourd mais il n'était pas question de se replier. Au cœur de la tourmente, les chars ripostèrent en d'assourdissants coups bien ciblés. La plupart des allemands en position furent tués et enfin la progression reprit sur Waldighofen où le groupement arriva vers 17h00. On s'empressa d'y soigner les blessés. Une pointe fut poussée vers Hirsingue puis le capitaine Sartout s'installa pour la nuit à Waldighofen.

1ere progression

Vers 17h00 également, les restes de l'escadron étaient entrés dans Seppois. La progression alsacienne prenait forme malgré les dernières échauffourées et cela donnait du tonus au moral. Le 4éme escadron garda la sortie Nord Est et Lartigue assura la garde du PC du colonel. La nuit était calme à Seppois comme à Waldighofen. Chacun, à leur grand moment de bonheur, aussi court fut-il, récupéra le sommeil des deux dernières nuits. Certains qui n'avaient jamais fumé se surprirent à goûter à la petite joie qu'apporte parfois le tabac. Brissaud, légèrement requinqué, ne put s'empêcher de dire :

– Aurais bien goûté à un peu de vin d'alsace moi !

– Ah sacré Brissaud !

Puis tous finirent par trouver une part de sommeil au possible. Henri vaqua à la pensée de ses amours, à son premier enfant qu'il espérait avoir après cette satanée guerre si elle avait le bonheur de s'arrêter un jour. Dupoizat relut l'une de ses lettres… Tandis que d'autres écrivaient à leur marraine de guerre. Ah les marraines de guerre, cela en faisait rêver plus d'un. Les marraines de guerre étaient l'autre famille des soldats afin de soutenir le moral de ceux-ci : Telle était leur unique mission. Cette institution populaire née durant la Première Guerre mondiale a laissé un souvenir marquant qui explique sa réapparition en 1939. Pourtant, les circonstances de sa création restent largement ignorées, et l'on a oublié depuis longtemps que l'armée s'en était défiée et que les moralistes les avaient traînées dans la boue. Pourquoi les marraines ont-elles fait peur et, paradoxalement, comment s'explique leur popularité ? Seul le cœur des vaillants soldats le savait Tout comme elles à qui la présence masculine manquait au sein des foyer, comme au sein du quotidien.

Ce premier contact avec l'Alsace était assez froid. Les hommes étaient surpris d'entendre parler alsacien mais c'était une bonne preuve que l'avancée progressait. La population, de son côté, était encore craintive. Sans doute était-ce dû à l'effet de la bataille de l'après-midi qui résonnait en l'âme de toutes et de tous. Les jours suivants allaient faire changer le point de vue des soldats concernant la froideur du caractère des alsaciens et des Alsaciennes. Surtout le caractère et le physique bien appréciable des Alsaciennes (dû à la désertification masculine) pour lesquelles les fiers gaillards régimentaires ne purent s'empêcher d'être fortement attirés. La nuit de certains s'acoquina de fleurs de lune réglementaires mais en toute discrétion. On entendit même quelques chats miauler sous le joug de l'épanouissement originel. Par certains endroits la guerre avait du bon !

Le 20 au matin l'escadron, ayant été renforcé d'un peloton de TD, reçut l'ordre de se porter sur Kembs. Il se mit en route à 7H00 tapantes. Il passa à Waldighofen où se tenait toujours le peloton Mars. Le peloton Lartigue se tenait maintenant en tête. Aucune trêve ne fut octroyée puis les pelotons poussèrent sur Steinsoultz, où en quittant la route, ils empruntèrent un chemin de traverse pour les mener à Jettingen. Arrêt total juste avant d'entrer dans le village. Un groupe de soldats allemands apparut par surprise. Grâce à l'engouement patriotique et à la bravoure française, il ne suffit que de quelques rafales bien placées pour que l'incident soit réglé.

Après leur passage à Waldighofen, Mars était parti sur Huningue. Il alla jusqu'à Folgensbourg. La fatigue de certains soldats se faisait ressentir mais l'heure n'était point au repos. Il fallait progresser coûte que coûte. Guyard patrouilla vers le bois avec Devernay et Giacopelli, puis armés et prêt à tirer au moindre mouvement ils partirent à l'assaut d'une dizaine d'Allemands qui voulaient fuir sur la Suisse en pointant leurs foutus canons sur eux. Rafales à tout bout de champ, tirs à bout de souffle, les allemands gisaient à terre en leurs macabres contrées. C'était de la bonne besogne. Des chasseurs les dépassèrent, Mars revint vers Jettingen et arriva à 11h00.

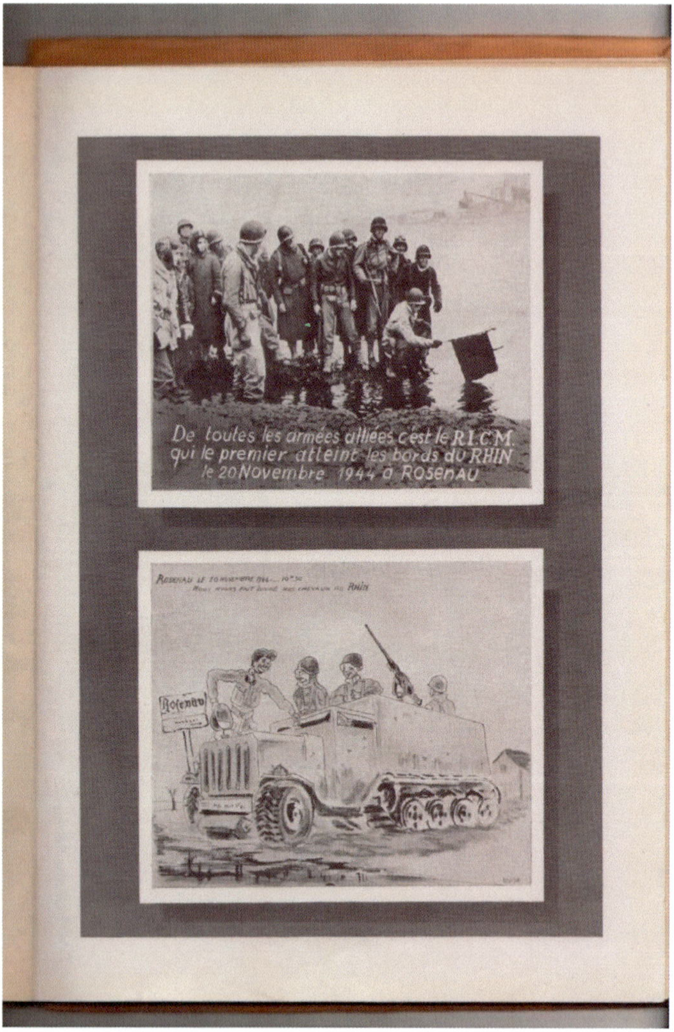

L'escadron ne s'arrêta pas à Jettingen. Il avait repris sa route vers Helfrantzkirch où il ramassa une cinquantaine de pauvres types de l'organisation Todt qu'il laissa à la garde des G.E.P. Un passage en vitesse à Kappelen puis Lartigue dépassa Bartenheim et dût se porter sur Kembs par la chaussée et Loeche. Le poste de commandement s'arrêta à Bartenheim ainsi que Martin. Chacun resta sur sa garde. Le capitaine commandant envoya le peloton de Tanks destroyer, avec deux automitrailleuses du régiment de chasseurs de chars, sur Kembs en passant par le village de Sierentz. Ils allaient faire liaison avec Lartigue. Ce fut vers 12H00 que cet élément arriva à Kembs. Bien en fut qu'il n'y avait rien à déclarer, le village était désert sous les décombres laissant un amas de pierres morbide entre les maisons encore quasi intactes. Cela atténua le stress encouru. Lartigue, à la chaussée, rencontra des chasseurs qui lui signalèrent que des allemands rôdaient dans les bois. Afin de ne rien laisser au hasard, le lieutenant Chardon (« Qui s'y frotte s'y pique » adoraient dire ses hommes) à l'aide de deux pelotons portés, pénétra dans le bois le long de la route afin de « nettoyer ».

Malgré la hargne et l'engouement de réduire l'ennemi, cela n'allait pas être une mince besogne. Preuve en fut, au grand désarroi des Français, que les Allemands dispersés étaient sur le qui-vive et protégés par deux scout cars et trois mitrailleuses. Celles-ci balayèrent leur arrivée. Cris d'effroi dans les rangs ! Le sergent-chef Petit-Thory était touché. A peine fut-il tombé à terre qu'il mourut sans avoir eu le temps d'envoyer une dernière pensée à ses proches. Le lieutenant Lartigue apprit que des patrouilles lourdement armées sillonnaient les bords du Rhin. Sans se départir, il envoya vite un scout car accompagné par l'aspirant Delayen. Non ! Cette campagne n'était pas une mince affaire !

Delayen pénétra enfin dans Rosenau aux environs de 12h30 avec une forte pensée pour ses tués et ses blessés, chacun de ses hommes se remémorant les bons moments passés avec « les copains » qui déjà allaient être considérés comme « Morts au front » avec, ils l'espéraient, les honneurs reconnus pour leurs services et leur bravoure. La plupart des blessés furent rapatriés tandis que leurs camarades plus vaillants que jamais, têtes hautes et fusils chargés se juraient de mener leur mission vers la victoire. L'armée Française touchait alors au Rhin.

Mais afin d'éviter toutes ambiguïtés sur cet évènement historique, il est nécessaire de rappeler également que contrairement à certains écrits, ce serait peut-être bien le 2° RCA qui fut le premier régiment allié parvenu au Rhin. Le peloton du R.I.C.M commandé à l'époque par l'aspirant Delayen (1921 – 2003. Futur général) ne serait arrivé que le lendemain à Rosenau. Cela ayant été mis au goût du jour bien plus tard mais sans preuves réelles. Enfin toujours est-il que durant cette période la bravoure de chacun ayant autant de mérite pour les uns que pour les autres, s'agissant ici de la campagne menée par le 3eme escadron du RICM et non de celle du 2eme RCA. Sans vouloir fâcher, ni offenser, ni dénigrer qui que ce soit ayant mené cette période de la seconde guerre mondiale ce fut donc, pour le bon suivi de ce récit, le R.I.C.M qui toucha au Rhin en premier en se référant à la photo plus haut.

4ème Mouvement

En deçà d'une légère perte de moral et de la baisse de tonus qui tiraillaient certains hommes, la résistance à la chaussée se maintenant, deux chars furent envoyés en renfort. Les 12h00 sonnant avec un semblant d'apparition du soleil, l'ordre arriva de changer d'objectif. Ce n'était plus sur Kembs qu'il fallait se rendre mais sur Ensisheim, Cernay et Soultz.

Le capitaine prévint les TD de rejoindre Sierentz afin qu'ils pussent les prendre au passage sans qu'il y ait d'échauffourées et des pertes inutiles. Il en profita pour donner l'ordre à Lartigue de rentrer. Celui-ci n'était pas en mesure de le faire, tant ses pelotons étaient toujours accrochés à l'ennemi, sans que les chasseurs ne lui viennent en aide. Chacun était pris dans l'imbroglio des mauvaises rencontres. L'attente et l'impatience se mêlant à la tempête des nerfs en l'esprit de chacun des sous-officiers, le Lieutenant Martin demanda à partir devant. Mais le capitaine refusa en décidant que ce serait Lartigue qui filerait en tête. Enfin vers 13h00, après le partage d'un café et divers consensus, il se décida tout de même et Martin partit. Le PC suivit et ordonna à Lartigue de les rattraper dès que possible. A Sierentz, le peloton, non sans satisfaction retrouva les TD ainsi que les engins chenillés de la première division blindée. Faute d'avoir trop attendu à Bartenheim, ils allaient être obligés de se battre pour avoir la route. Une course s'engagea entre leurs véhicules et ceux du CC2. Trois courants de circulation s'étaient formés sur la route. On y trouvait un mélange indescriptible de chars, de Half Track, de GMC (véhicule de transports), de « Zouaves » comme de véhicules de commandement. Cela formait un étrange capharnaüm guerroyant. L'escadron, frisant le ravin gauche de la route, essaya de remonter. Le ramassis d'échappement et de moteurs en rut formaient avec le froid sec un épais remous de poussière. Le capitaine trépignait :

– Qui est-ce qui m'a fichu un foutoir pareil ?

Personne ne savait quoi lui répondre. Il trouvait que l'aspirant Bigeon n'allait pas assez vite à son goût. A son tour, enfin, avec le Half Track suivi des deux scout cars, il remonta le peloton Martin. La Jeep de Bigeon qui luttait contre les Sherman fut stupéfaite de voir passer le capitaine. Le conducteur et ses passagers engoncés dessous le calot de leurs nerfs forcèrent l'allure et au mépris de l'escadron, dépassèrent le Half Track à l'entrée d'Habsheim. Cela avait apporté un peu d'excitation qui changeait de celle liée à la guerre du moment. Un peu de répit, une course amusante sans danger avait fait un peu de bien pour apaiser la tension. Le CC2 s'était arrêté avant le village. L'escadron y pénétra en tête suivi par un peloton de Sherman.

Le village était vide d'Allemands mais ce fut de courte durée. Tout à coup, les éclaireurs aperçurent sur la crête dominant l'ouest de village quelques uniformes verts. A peine eurent-ils montré la menace du bout du doigt que les mitrailleuses se braquèrent. Un flux assourdissant de rafales, de brisures de rocailles et de fumée s'accompagna de pétarades à glacer le sang de celui qui n'était pas aguerri. Les tubes de Sherman suivirent le mouvement. C'était un feu d'enfer remuant les âmes des hommes qui, en d'effroyables jardins, semaient des graines de rédemption prêtes à terrasser l'ennemi. Les tuiles des maisons voisines volaient en éclats mélangées aux débris de verres des carreaux de fenêtres. Enfin, la fumée se dissipa peu à peu sous l'odeur piquante de la poudre. Les uniformes ennemis avaient disparu. C'était un point de gagné.

Bigeon poussa jusqu'au passage à niveau. Rixheim, qui se trouvait à deux kilomètres était, selon les dernières informations, sans doute bien tenu. A la gare, les gendarmes furent arrêtés et défilèrent à travers tous le village. Les Sherman doublèrent Bigeon et l'on entendit une canonnade. Les rumeurs infondées fleurissaient à tout va tels que deux Sherman furent touchés. Les mauvaises informations coûtaient chères. Les remontrances tombèrent ! Il y avait plusieurs canons 88 aux lisières de Rixheim. L'artillerie allemande ne faisait pas dans la dentelle ! Sacrés Boches !

En pratique il n'y eut que quelques coups de Panzer Faust maladroits ce qui fit qu'aucun char allié n'avait été touché. Il y eut heureusement moindre mal. Dessous le ciel assombri, la pluie se mit à tomber qui ajouta de l'humidité au froid installé. L'ardeur de la course s'atténua. Le commandant du CC2 demanda au capitaine de tenter un passage par Eschentzwiller et Riedisheim pour éviter Rixheim qui semblait bien tenu. Mieux valait éviter des échauffourées pour rien tout autant qu'économiser la forces des hommes et les munitions.

Bigeon, accompagné du Scout-car Charpentier, deux

Jeep, deux TD et du peloton Pignières, s'en alla. A 15H00 le reste du peloton Martin emprunta la même route. Le capitaine attendit

Lartigue pour partir tandis qu'une partie de CC2 avait filé sur l'axe et s'était arrêtée au pont de l'Ile Napoléon. Une heure passée Lartigue les rejoignit. L'escadron fila aussitôt puis défila le long des véhicules du CC2 salué par quelques rafales de 50mm issues des Half Track des zouaves. Que se passait-il ? Y avait-il une menace dans les bois ? Ça avait tiré devant alors il fit comme les autres. Après avoir remonté cinquante véhicules semblables, le premier leur apprit qu'il avait vu un lièvre. L'un des hommes ne put se retenir de lui lancer :

– Et toi tu ne serais pas la tortue par hasard ? Et toi ne boirais pas trop à la fontaine ? Certains étaient pliés de rire et les jeux de mots s'enchainèrent autour d'une détente fortement méritée.

– Moi aurais bien aimé croiser un corbeau avec son fromage !

– Vous m'avez l'air de « deux beaux pigeons ! » Bravo la France !

L'ordre arriva de laisser Lartigue au pont de L'île Napoléon. Celui-ci s'y installa pour en prendre la garde durant la nuit renforcé par 2 Tanks Destroyer. L'escadron, réduit au poste de commandement, à deux auto mitrailleuses du régiment colonial de chasseurs chars et au HT du docteur, continua la course vers le CC2 qui lui bifurqua vers l'Ouest. Comme on allait pouvoir le dire un jour « A l'Ouest, rien de nouveau ! ». Effectivement la route était à eux, à eux seuls. Le vide surprenant fit que la troupe se sentait bien seule après cette sortie de foule. La foule qui avait apporté un peu d'euphorie dans le cœur des soldats.

De l'avoir quittée si vite impactait au moral certes mais ils n'étaient pas là pour épater le galerie ni s'en amuser. Oui, ça pesait et ça ragaillardissait de pouvoir se relâcher de toutes les dernières tensions. Chacun vaqua à ses pensées, vérifia et nettoya son arme et relâcha le temps de fermer l'œil ne serait-ce que 10 minutes.

2ème Progression

Mars était encore à Jettingen. La pointe de l'escadron traversa Battenheim en trombe sans s'y arrêter et poussa sur Ensisheim qui était son objectif du jour. A mi-route, vers la ferme Saint Jean, le lieutenant Raimbaud qui commandait le AK aperçut un chenillé Boche trainant un canon de 88mm. Deux grandes déflagrations résonnèrent et le chenillé partit en flammes. L'AK avait fait mouche ! L'équipage survivant du chenillé se dispersa tant bien que mal tandis que les hommes de Raimbaud finirent la besogne à la mitrailleuse. Bien malheureusement, afin de s'assurer qu'il n'y ait pas de survivants et dans le but de dégager les débris, les obus du chenillé sautèrent et sous le coup du souffle et de la force explosive le lieutenant fut blessé d'un éclat d'obus à la main. Après la dispersion de la poussière et des flammes, le capitaine fit avancer son Half Track puis voulut essayer de trainer l'ensemble au treuil. Mais il était plutôt dangereux de s'en approcher. Pour éviter tout risque encouru, il décida d'enclouer le canon car on ne savait jamais. Toutes ses grenades incendiaires furent nécessaires mais en vain, seule la dernière voulut bien fonctionner !

Pendant ce temps, les deux scouts cars du PHR étaient restés à proximité des deux camionnettes allemandes.

– Où donc est passé l'équipage ? Disparu ? lança un soldat.

– Non ! Hast du neulich auch das UFO gesehen ? (Avez-vous vu un ovni par ici ?)

– Ah ! ah ! ah ! elle est bien bonne celle-là ! Toujours signé Brissaud Bien sûr !

Trèves de plaisanteries, Ils aperçurent une forme vert de gris dans les sillons à 150 mètres de la route. Les hommes appelèrent mais pas de réponse. Il suffit à Brissaud d'envoyer une rafale dans les taillis pour se rendre compte que le fugitif n'était pas mort. Le chauffeur était bel et bien vivant et le toubib s'empressa de brandir son pistolet suivi de deux brancardiers qui ramassèrent le bougre qui sans nul doute aurait du mal à s'asseoir pendant un bon laps de temps. Brissaud avait touché son derrière.

En attendant que l'affaire du canon fut réglée les équipages faisaient l'inventaire des camionnettes. Pour chaque équipement, entre Fort et Dupoizat, les jeux de mots n'y allaient pas de langues mortes :

Chaussures : -J'ai pas trouvé celle qui va à mon pied !

Chapeaux mous : -Trop dur à conditionner !

Poste de TSF : -Touriste sans frontières !

Munitions : -Attention à la décharge !

– Allez les gars trêves de plaisanteries ! Le matos c'est du Sérieux ! lança le Chef ! Et Fort, tu ferais mieux d'attacher la jugulaire de ton casque !

– N'inquiétez pas pour moi Chef !

La nuit tomba avec l'engourdissement du froid. Aucun renfort n'était arrivé. Le capitaine décida de se replier sur Battenheim et d'y passer la nuit. La population reçut l'escadron avec joie et gentillesse. Ce qui redonna du bon moral et de la bonne humeur au sein de la troupe.

Chez le maire, les petites filles s'étaient costumées en alsaciennes. Sous le son de la TSF « Ah le petit vin blanc » Interprêté par Lina Margy, Elles étaient par ailleurs toute gênées de ne pouvoir parler. Des réfugiés de Mulhouse se rassemblèrent pour savoir comment allaient les nouvelles, enthousiasmés par l'arrivée des Français sur le territoire. Vers 22h00, Celeshi, qui était de garde, arrêta un camion en provenance de Ruelisheim. Il alluma sa lampe torche. Et jetant son faisceau lumineux dessus il aperçut que le personnel de la cabine était composé d'Allemands. Il donna l'alerte en braquant son arme sur le véhicule et en criant. Le PHR sortit et deux de ses hommes se dirigèrent vers le véhicule en pointant leurs pistolets semi automatiques, ouvrirent la portière et cravatèrent un civil alsacien chauffeur ainsi que trois gars de l'organisation Todt (groupe de génie civil et militaire du Troisième Reich) qui fuyaient depuis Giromagny. L'un d'eux se prétendit italien et l'autre tchèque. C'était la vérité. Ces quatre bougres étaient tout bonnement saouls et deux soldats s'emparèrent d'eux pour les mettre dans la prison municipale. Ils tenaient à peine sur leurs jambes. Ces gugusses avaient oublié à quels dangers ils se soumettaient en étant dans un tel état. Ils sentaient le Schnaps à plein nez. Ils allaient roupiller dur !

Aux environs de 23h30, le peloton Mars arriva. Celui-ci avait quitté Jettingen. Sur le coup des 17h00, il avait fait un arrêt à Sierentz où il avait dû, au premier abord, protéger le PC puis en était reparti en y laissant ses 57mm. Il s'installa à la sortie sud du village.

Sur son axe, le peloton Martin fut reçu par les boches

qui tenaient la lisière sud du village de Riedisheim. Les ennuis s'amoncelaient sous le joug de la mauvaise surprise. Il réussit tant bien que mal à franchir cet obstacle en laissant sur son chemin la mort allemande. Le peloton

Pinnères, qui lui progressait à pied, longeait les haies. Le scout car Charpentier suivait la route protégé par des éclaireurs qui n'avaient peur de rien. Soudain, en un sursaut effroyable, un Panzer Faust le frappa. La détonation était lourde. Charpentier et Vidal furent gravement blessés. Mizon fut mortellement touché ainsi que son binôme. Rochet se précipita à la rescousse pour tuer le « panzerknacker » taraudé d'effroi ; son pistolet mitrailleur s'enraya et il mourut sous l'assaut imperturbable de l'Allemand sans pitié.

Les allemands finirent par décrocher sous l'arrivée bienfaitrice des chars du CC2 qui ne lésinaient pas sur la riposte. Les Allemands en eurent pour leur compte ! Ils s'occupèrent vite des blessés et pénétrèrent dans Mulhouse. Mulhouse qui, pris sous l'assaut de bombardements alliés en mai et en août dernier, avait perdu trois cent cinquante personnes. La ville enfin, en ce jour, allait être libérée. Le lieutenant Martin, dans sa fougue, ayant réussi à communiquer avec le capitaine, s'installa tant bien que mal à Rixheim pour y passer la nuit. Ce sans grande inquiétude. Quel sacré 20 novembre ! la nuit entre repos mérité et pensées taraudant le cœur des soldats face à leur avenir comme à l'avenir de cette campagne, se déroula sans encombres. Chacun, son tour de garde achevé, pu gagner un peu de répit malgré le froid alsacien.

A-nuit, le 21 novembre, vers 2h30, Lartigue fut attaqué au Pont de L'île Napoléon. Les hommes n'avaient pas vu le coup arriver ; deux tirs de Panzer Faust suffirent à semer le branle-bas au sein du groupe. Les tirs abondaient dans le but de ne faire aucun survivant. Lartigue fut blessé mais sous la force de frappe française l'attaque fut repoussée. A 5h30 une nouvelle attaque eut lieu mais grâce à la ténacité des gardes en faction et à leur surveillance renforcée, l'ennemi essuya un nouvel échec. Encore un point de gagné !

A Battenheim, vers 4h00 du matin, le sous-officier du régiment de chasseur de char vint rendre compte.

– Mon commandant, nous savons qu'il y a des frisés à la lisière du village mais nous ne sommes pas en mesure de dire combien ils sont.

– Bien, je vais réfléchir ! répondit celui-ci.

Au cours du reste de la nuit, l'officier se tâta et finit, après mure réflexion, par décider de se replier vers le centre du village. La prudence l'exigeait.

A 7H00 tapantes de lourdes semonces d'artillerie ennemies furent envoyées par rafales sur Celeshi et Cailleux qui venaient de sortir de leur cantonnement. Une automitrailleuse se porta en direction des tirs mais à leur surprise, ne trouvèrent rien. Les bougres avaient filé avant qu'ils n'arrivent. Le capitaine s'empressa de prévenir le peloton Mars afin qu'il prépare une patrouille avec un canon d'assaut pour parer au pire. Le PHR envoie une patrouille vers le nord du village. Au flux de leur progression, Lambrecht, Ritz, Apiou et Setti se firent allègrement tirer dessus. Les échanges de tir résonnaient comme sous le couperet d'une envie certaine d'abattre celui qui se trouvait sur sa visée tel un cri d'âme meurtrière. Lambrecht abattit un allemand mais Ritz fut blessé. La patrouille rentra tant bien que mal pour rapporter les renseignements recueillis. Devernay, de son côté, progressait vers la lisière Ouest. Le tir adverse se déclencha sur lui. A son grand soulagement le canon d'assaut qui allait vers le nord lâcha quelques obus bien pimentés sur les tranchées et arriva à temps pour dépanner celui-ci. Ils capturèrent en guise de trophées 21 prisonniers. Le colonel Larroque du régiment du RCCC vint leur rendre visite et ramena les prisonniers vers un avenir auquel ils étaient promis. C'était un bon point de gagné et une bataille remportée avant la suivante.

Toujours en ce 21 novembre, Lartigue rejoignit Battenheim. Il fut chargé de nettoyer le quartier nord-est du village. Il emmena avec lui les Tanks Destroyers tandis que les automitrailleuses partirent sur Kembs.

Un des Tanks Destroyers, près de l'embranchement de la piste qui allait vers le pont se fit recevoir par le tir d'un Panzerfaust. Il répliqua en tirant au canon dans les maisons. Le nettoyage se poursuivit dans les conditions propres à la guerre du moment avec engouement et bravoure foudroyante. De nouveaux prisonniers rejoignirent le panier à « Bochots ! »

Vers 11h00, le village était « nettoyé ». L'ennemi en avait pris pour son matricule. Le sourire des soldats quasi vainqueurs s'affichaient de la belle aubaine d'avoir fait soixante et onze prisonniers. D'après de simples interrogatoires de routine, tous étaient des élèves sous-officiers de l'école Maria Werder de Colmar. Sur le terrain, une quarantaine de morts tapissaient le sol en l'horizon de ce mois de novembre. Ni parmi les morts, ni parmi les prisonniers ne figuraient d'officiers. C'était bien dommage ! Chacun devait avoir entre dix-sept et dix-neuf ans maximum. Certains pleuraient. Les hommes français qui étaient autorisés à les interroger ne cessaient de leur demander si ils étaient sous-officiers. Ils répondaient en tremblant :

– Là, da ! répondirent certains. « Bezwungen », « contraints » armée allemande !

Deux autres affirmèrent, sous le ton plus vigoureux, qu'ils avaient combattus sur le front Russe. Avant d'être évacués à l'arrière. le Chef lança :

– Oui ! pas de doute ! Ces lascars ont été contraints de rejoindre les troupes de la Luftwaffe. Un peu comme nous les jeunes et les valides étaient priés de rejoindre nos troupes françaises et alliées.

Effectivement, face à l'échec des campagnes de propagande, le Gauleiter Wagner avait proposé à Hitler l'incorporation obligatoire des Alsaciens dans l'armée allemande. L'État-major allemand n'avait pas très chaud et avait rétorqué que les Alsaciens n'étaient pas fiables et poseraient des problèmes sur le plan de la discipline et de la sécurité. C'était aussi l'avis d'Hitler. Le Maréchal Keitel, Chef du Haut Commandement Militaire avait également noté que cette incorporation ferait entrer des éléments subversifs dans la Wehrmacht et plus tard, lors du procès de Nuremberg, il déclarera dans sa déposition que l'incorporation des Alsaciens-Mosellans présentait plus d'inconvénients que d'avantages.

Un peu après cet interlude, l'ordre fut donné de prévoir une organisation défensive. L'idée d'entreprendre une troisième progression fut mise de côté.

Lartigue, avec une 57mm et deux Tanks Destroyer, s'installa aux lisières nord. Un peloton porté se planta à la sortie vers Ruelisheim(ouest) tandis que Mars, lui, prit poste à la sortie sud en surveillant les lisières de la forêt de la Hardt. La forêt de la Hardt qui allait vivre et vivait déjà l'un des épisodes les plus meurtriers de la libération de l'Alsace. Le poste de commandement, lui, s'était posé vers l'église, à la mairie. Deux des Tanks Destroyer étaient restés en réserve.

Au moment où tout paraissait plus calme, le peloton Martin quitta Riedisheim et vint au carrefour de Baldersheim où il fut mis à la disposition du commandant De Wattre qui tenait le village proprement dit. A 12h00 l'heure fut à la visite inopinée du colonel Le Puloch, sacré bonhomme, qui confirma l'ordre de stationnement. Une demi-heure plus tard, le peloton Maurier passa dans le village et poussa une reconnaissance vers Ruelisheim. Celui-ci en ressortit aussi vite qu'il y était entré poursuivi par un tir d'artillerie. Mourier abandonna le village dans lequel Mars était bloqué par la même l'artillerie ennemie, qui elle, n'avait pas abandonné ses tirs rageurs. Ceux-ci commencèrent par démolir l'église. Quel désastre ! C'était un mauvais coup du diable pour le bon Dieu ! Un obus toucha le toit du monument. Les dégâts s'amoncelèrent… Une partie du toi tomba dans le scout car Novion et dans la jeep du docteur. Le Padre n'était heureusement pas là pour voir ce massacre ! Un autre obus perça la porte de l'église. Lambrecht, qui était dans son scout car à trois mètres de là, se fit petit et s'en tira indemne. Seuls les paquetages à l'arrière étaient criblés d'éclats. Cette ribambelle de tirs dura un bon quart d'heure puis cessa soudain. Ils avaient eu chaud ! Merci à la chance de n'avoir fait aucun blessé ni tué. Durant ce laps de temps, (ah ce qu'il pouvait se faire long celui-ci lorsqu'il s'y mettait) l'adjudant des tanks destroyers rencontra un civil qui lui annonça :

– Enfin vous voilà bons soldats ! Attention sur vos pas, il y a des chars allemands à Ensisheim.

– Voilà un signalement bien interessant ! Merci ! approchez-vous de notre jeep là-bas, on vous donnera un petit quelque chose en guise de remerciement !

Et ce fut à 13h15 que celui-ci vint rendre compte. L'ordre fut donc donné de se méfier et de préparer des mines.

Peu après, Lartigue rendit compte à son tour que l'on entendait des bruits de chenilles qui approchaient. En effet, un char se montra et aussitôt les obus tombèrent sur le village. Le clocher semblait visé. Un brouhaha dévastateur eut lieu, il s'agissait d'un obus qui avait touché le toit de la mairie. Le plafond du couloir s'effondra en un bruit d'éboulis à faire frémir toute personne se trouvant à proximité. « Moustic » en sortit tout blanchi !

Le tir s'intensifia en une foulée meurtrière. Celui-ci venait de deux directions, Nord et Ouest. Le centre était principalement visé.

Vers 13H45, après presque trois heures de feu, deux autres chars apparurent plus à l'Ouest. L' infanterie les accompagnait. Sortant des bois à l'Est et à l'Ouest du village, devant cette affluence de chars(pas moins de dix) dont la bonne moitié était des panther, il y eut un léger affolement dans le camp français. Chacun se ressaisit au mieux et assez rapidement afin de placer des mines un peu partout ! Il n'était pas question de laisser la chance à l'ennemi de pouvoir regagner du terrain. Les tank destroyer ouvrirent le feu. Les échanges de tirs firent que l'aspirant Chezelle, Fall ainsi qu'Emmanuelli furent blessés. Les obus de 88mm s'engouffrèrent dans la rue centrale et vinrent se perdre plus loin que Baldersheim. Les mitrailleuses, les mortiers de Lartigue et de Mars rendirent leurs coups à l'infanterie ennemie. L'artillerie de la division blindée ouvrit le feu à cœur joie sur les fantassins réfractaires qui essayaient de contourner le village par le Sud-Est. Les soudards furent plaqués au sol. Aucun n'Allemand ne fut suffisamment téméraire pour riposter debout ! Mais l'artillerie de ces mauvais bougres de soldats à la manque ne cessait de tonner et tonner encore !

– Leur en foutrai moi de l'obus dans la caboche à ses boches !

– Regarde-moi ! ils se planquent à terre ! C'est que ça se nourrit aux moignons de feuilles mortes ces machins-là ! lancèrent Dupoizat et Henri pour aiguiser leur moral de l'instant. C'est que ça chauffait tout de même !

Un Tank Destroyer, auprès du cimetière, fut touché par l'impact. Ça faisait mal ! les fantassins allemands essayèrent tant bien que mal de progresser le long des fossés de la route. Il fallait dire qu'ils étaient eux aussi munis d'une belle bravoure ! Chacun en prenait pour son grade. Cesari les faucha avec sa mitrailleuses laissant l'humidité du fossé absorber le sang des victimes. Deux pelotons portés arrivèrent en renfort. Ce qui n'allait pas faire de mal pour venir à bout de tout ce tintouin. L'un est envoyé à l'Ouest de la route mais il ne déboucha pas. L'autre avait viré vers les lisières Est. Fatalité suite à un mauvais coup de semonce, le capitaine en second, en se portant vers le peloton Martigue, est soudainement blessé. Apiou et Dominici, sous l'effet de leurs râles, prévinrent tant bien que mal qu'ils étaient blessés eux aussi. Hélif, de son côté, était sérieusement touché. Tillet le fut légèrement. La fatalité faisait que l'heure allait vers le mauvais côté des choses là où le destin français en prenait un sale coup. Un cri déchirant fit remarquer que l'aspirant Doyen avait une cuisse brisée. Un second Tank

Destroyer partit en flammes ne laissant à son équipage aucun sursis. Heureusement, celui-ci avant de finir ainsi, avait eu le temps de mettre quatre chars ennemis hors de combats. Dutel ne fit pas de quartier grâce à son 57mm et en détruisit un. Cela faisait cinq de mieux dans le palmarès ! Oraisons funèbres de tirs manifestes en effervescence, l'artillerie ennemie arrosait le village. Celui-ci brûlait en des flammes ravageuses et meurtrières. Des familles résidant encore dans des maisons éparses ici et là furent décimées, les cris se mêlant à l'horreur guerrière qui était à son comble. Telle une émotion cataleptique des sens mis en éveil, bien au-delà de la pression ennemie, ils restèrent fidèles à leur bravoure face à l'épreuve du feu qui était loin de laisser indemne tout civil ayant survécu à l'atrocité des dernières heures. Le lieutenant Duval, qui était venu en liaison fut blessé près du peloton Mars. Fort et Dupoizat, au gré de leur hargne, étaient restés en appui tandis que Martin et Long étaient blessés. Allaient-ils périr sous les salves de feu sans avoir eu le temps d'être secourus ?

Les chars ennemis n'avançaient plus, mais leur menace restait présente. L'infanterie était recrue de fatigue tant les dernières heures avaient été éprouvantes. Qu'allait-il advenir des survivants ? La campagne aboutirait-elle sans dégâts humains plus lourds qu'ils ne l'étaient déjà ? Il fallait espérer en gardant à son cœur le moral, la force et la bravoure.

Vers 16h30, le capitaine n'ayant guère d'autre choix, donna l'ordre de repli. Mieux valait en l'attente de meilleures heures à venir, économiser le moral et la force des hommes. Le peloton Mars décrocha en premier. Le poste de commandement suivit et à leur tour Lartigue et le Tank Destroyer. Au grand déficit du moral et de la perte des leurs, le Half Track du PAC dans lequel se trouvait l'aspirant

Delayen reçut un coup de 88mm de plein fouet. Duchemin et Loiseau furent tués net tandis que l'aspirant Delayen était à nouveau blessé. L'adjudant Guillain alla le ramasser tout en espérant qu'il garderait la vie sauve. Il l'amena près de l'église où Arnault, revenu de Baldersheim, le chargea dans son scout car. Le décrochage était peu ordonné, les pertes françaises s'amoncelaient au prix de la bravoure des hommes qui jusqu'ici n'avaient reculé devant rien. Le feu et l'effroyable ferveur ennemie avait eu raison d'eux en cet instant :

Saloperie de campagne, Vacheries de Boches ! Était-ce la fin d'une bataille ? Fallait-il renoncer à mener cette percée alsacienne ?

Après le décrochage, ils apprirent que le commandant De Wattre aurait dû contre attaquer par deux sections de « Zouaves » et un peloton de Sherman mais que par un manque de liaison, celui-ci n'avait pas pu arriver en renfort. Comme quoi une défaite ne tenait qu'à peu de choses. Un souci de transmission, un matériel défectueux, une mauvaise information pouvait être source de pertes d'hommes et de ferveur face à l'ennemi.

A partir de Baldersheim, entre résolution et fierté de ne pas se laisser aller, l'escadron reprit un peu d'allure et fila jusqu'à Habsheim, donnant raison à une troisième progression malgré les mauvais derniers instants vécus au sein de la troupe. Quelques oubliés les rejoignirent à pied tel Feredj, tandis qu'avec chance, si celle-ci leur était permise, les blessés allaient être rapatriés.

Les Allemands ayant trinqué plus que les Français, ils ne les poursuivirent pas. Ces poltrons d'artilleurs et de fantassins fantoches n'osèrent même pas entrer dans le village mais s'énorgueillirent à le bombarder en la venue du soir emportant dans sa salve dévastatrice quelques maisons qui jusqu'ici avaient été épargnées. Dieu merci, les derniers habitants de celles-ci avaient pu être évacués avant pour certains…

Ce ne fut qu'au lendemain que ces Allemands pénétrèrent dans le village. En revanche, à Baldersheim, l'ambiance était mauvaise arborant un sentiment de crainte pour le commandant De Wattre, la menace de l'ennemi restant en partie omniprésente. Il craignait d'être attaqué par surprise.

3eme Progression

Ce n'était point une fausse intuition pour le commandant De Wattre ; preuve en fut lorsqu'on lui signala l'arrivée de sept Panther. Il décida de décrocher à minuit dans le vent froid qui semait un trouble en cette tourmente de l'instant. Le lieutenant Martin était le dernier à rester et il se replia par Sausheim-ile-Napoléon et termina la nuit à Kreutzstrasse-Rixheim. Nuit où les quelques rêves des hommes entre deux tours de garde se mélangeaient à la tourmente des émotions en se demandant ce qu'allait être demain.

Le 22 novembre venait de dévoiler ses lueurs presque hivernales dans les pas de la progression française en territoire alsacien, qui jusqu'ici s'était déroulée sous le feu, la bravoure et les pertes françaises et allemandes. Oui ! l'armée allemande en avait pris pour son matricule, même si de son côté, le camp français avait perdu nombre de ses hommes et amoncelé ses blessés au prix d'une bravoure valorisant des combats quasi sans failles et rarement en défaites pour progresser au mieux de leur courage.

Le peloton Martin, toujours avec son air rarement accablé, rejoignit l'escadron. Le lieutenant Mars devint commandant en second. Son peloton fut dissous et réparti entre les 2éme et 3éme pour les compléter. Le peloton Martin garda la sortie Est vers Petit-Landau. Lartigue, après avoir choisi quelques bons volontaires, fit des patrouilles à pied en la froidure tenaillant le chemin de halage du canal en direction de Petit-Landau et Hombourg. La flétrissure était laissée de côté pour une journée qui se déroulait dans un calme ravivant le moral militaire. Ce qui encourageait les soldats conquérants d'une victoire à laquelle ils aspiraient durant cette campagne mélangée de bravoure et d'épreuve du feu. Chacun des hommes repris un peu de force et de courage. Henri Fort et Dupoizat ainsi que Brissaud se racontaient des histoires d'avant-guerre qui parfois auraient pu faire rougir le fessier d'une nonne.

– Au fait Henri, fais gaffe que ton casque, que tu n'attaches jamais, s'en aille pas chasser la nonne ! lui lança Dupoizat.

– Ah ! Ah ! T'inquiète ! C'est qu'y a du lourd la dessous !

– Ouais mais… à ce que je vois tu es toujours porté au casque ! enjoua Brissaud.

– Vous inquiétez pas tous les deux ! Tant que je perds pas la tête, ma jugulaire est à la fête.

Il ne croyait pas si bien dire ! Mais le moment, après cette interlude, était à se reposer, à méditer sur l'avenir. Comment allait donc se terminer cette campagne ? L'unique réponse fut celle de Brissaud qui vaqua à la mélodie de ses ronflements réparateurs. Enfin, un peu plus tard les rations de guerre arrivèrent avec une lichette de bon vin d'Alsace offerte par les habitants qui avaient survécu aux derniers bombardements.

Un semblant de soleil apparut. Cela était-il précurseur d'un signe annonçant le positif ?

– Au fait Brissaud, demanda Henri, tu as des nouvelles de ta marraine de guerre ?

– Non ! Pas depuis qu'elle a dû se cacher, elle et sa famille, pour échapper aux bombardements.

– Mince ! Peut-être bien qu'après cette foutue guerre, avec un peu de chance, vous vous retrouverez et vous vous marierez !

– Oui ! et pour sûr que tu seras mon témoin de mariage ! Ce serait de bonne guerre ! Oh que ça remonte le moral à sa juste valeur !

La journée passa ainsi, dans le répit et l'aisance à s'évader vers les pensées de l'avenir. Ceci faisait du bien par où cela passait entre l'âme et le cœur. La nuit fut également calme, seule la gelée pénétrait le joug de la vallée. Le 23 novembre, les Allemands s'infiltrèrent dans la forêt profitant du fait que les Zouaves qui occupaient Petit-Landau avaient décroché dans la nuit. Le capitaine Sartout, avec deux pelotons du GEP (Groupe d'escadron porté), dut s'y rendre afin de les remplacer. Le peloton Mars s'installa sans ambages au passage à niveau au Nord du village. Le peloton Lartigue, à son tour, le remplaça à la sortie Est. Il reçut pour mission particulière d'aider la mise en place du capitaine Sartout. Rien n'était vraiment à leur aise au fur et à mesure de leur progression. Le qui-vive était de rigueur ! Les deux pelotons portés du GEP partirent à 9h00 précédés par le peloton Lartigue. Trois quarts d'heures plus tard, la Jeep de tête, déjà entrée dans le bois fut sauvagement accueillie par des coups de feu isolés ici et là comme protégés par des bois semeurs de troubles. Le Lieutenant Lartigue, avec sa ténacité et son calme face à l'attaque, fit déployer des soutiens puis engagea le tir sur les lisières en guise de récompense bien méritée pour l'ennemi, qui d'ailleurs se replia facilement. Le peloton Lalot déborda par la gauche. Une vive explosion retentit dans un méandre de poussière et de flammes, il venait de tomber sous un tir de mortier. L'aspirant était blessé ainsi que deux de ses hommes. Ce n'était pas beau à voir. Les deux pelotons portés progressèrent le long de la route de part et d'autre. Heureusement ils étaient protégés par le canon d'assaut prêt à faire feu. Le poste avancé signala la présence de chars ennemis. Privilégiant la prudence et la raison, le canon d'assaut se replia aux lisières Est du bois où était installé le peloton.

1500 mètres en avant, Bruno et Gravier furent placés avec un rocket gun. Les portés continuèrent sans eux.

Vers 11H00, Devernay, avec sa Jeep se porta jusqu'au capitaine Sartout pour servir de liaison radio avec le lieutenant Lartigue. Des balles zonèrent autour de lui telles des émanations meurtrières prêtes à mettre en état de nuire. Il se faisait canonner par des tireurs isolés assidus. Il força néanmoins le passage mais à son grand regret Vecchioli fut blessé. Il rejoignit du mieux qu'il put le capitaine au pont.

11H00 arriva avec malheureusement un crachin imprévu et très épais sur la ligne de transmission lorsque la liaison voulut s'effectuer avec Devernay. Rien ! Aucune réception !

– Qui m' a foutu une ligne pareille ? s'exclama le radio !

– Vous êtes sûr ? Vraiment rien ?

– Rien à faire mon lieutenant ! La communication a dû être coupée quelque part. Espérons qu'il ne soit rien arrivé à Devernay !

Le lieutenant sentait l'inquiétude venir en lui. Il décida d'envoyer le scout car Guyard accompagné de la Jeep Dupoizat et Fort.

En traversant le bois, ceux-ci furent fortement accrochés au même endroit que Devernay. Sur l'engouement de leur allure combative et brave, Henri Fort et Dupoizat forcèrent le passage malgré le remue-ménage des mitrailleuses et des bazookas. On pouvait dire que ça chatouillait grave ! Ils se firent l'un et l'autre un clin d'œil. ils s'étaient compris tous les deux et continuèrent à foncer tel un bélier semant le sang de Bazeilles dans le feu de leur action qui pimentait leur belle envie de botter le fessier des allemands avec de la balle et du chien dent. Ils entrèrent dans un dialogue avec un rire commun au-delà de la peur chatouillant l'intérieur de leurs entrailles. Ils n'allaient certes pas se laisser faire par quelques Allemands s'imaginant être de futurs vainqueurs.

– Crois-moi que de ces zouaves-là, je vais en faire de l'obus pour la DCA ! lança Henri dans sa course.

– Et moi donc ! ajouta Dupoizat ! Je vais en faire du ragoût au schnaps !

Le 510 du scout car n'étant pas suffisant pour assurer la liaison avec Habsheim, le sergent-chef Guyard demanda l'autorisation de rentrer afin de rendre compte de la situation, qui à grand regret n'était pas avantageuse pour les Français à cet endroit. Il demanda un appui d'infanterie afin de se sortir au mieux de ce vilain bourbier qui finirait sans doute par lui en coûter pour franchir la zone dangereuse. Le capitaine Sartout lui donna un groupe, et non des moindres ! Le binôme Henri Fort et Dupoizat était de la partie, accompagné de Biancheri. Tous trois en étaient fiers comme Artaban prêt à en découdre avec l'ennemi. La Jeep et le scout car s'en allèrent lentement encadrés par les gens à pied. La Jeep Dupiozat/Fort fonça en le noir horizon ennemi tel un esbrouffe à faire peur à tout envahisseur qui ne savait pas à qui il avait à faire. En deçà du remugle de la suspension de leur véhicule, le casque d'Henri bougeait en tous sens, faisant balader sa jugulaire non attachée de droite à gauche, telle une danse à faire rire quiconque aurait été témoin de cette étrange interlude burlesque.

A Cent mètres du carrefour, ces trois sacrés soldats reçurent de lourdes rafales de mitrailleuses. Meurtrissures d'émotion face à l'offensive ennemie, les hommes ne prenaient pas le temps de se poser des questions, Ils envoyèrent la sauce de leurs fusils mitrailleurs en espérant faire du dégât à l'ennemi qui n'avait de cesse de riposter. La Jeep fonça coûte que coûte et malgré tout vers l'obstacle mais en vain. Une vilaine rafale balaya le pauvre Dupoizat qui fut tué net ainsi que Biancheri. Fort prit une balle dans son casque brinquebalant qui ressortit par derrière en faisant tomber son casque qu'il n'avait jamais attaché à l'aide de sa jugulaire. Sans avoir eu le temps de comprendre qu'il venait d'échapper au pire, il attrapa vite son casque, le remit sur sa tête et bondit dans le fossé. Cette satanée jugulaire qu'il n'attachait jamais du fait qu'il ne la supportait pas, dont tout le monde s' amusait et dont certain s' inquiétaient, venait tout bonnement de lui sauver la vie ! Si par un étrange malheur, il l'avait attachée, la balle serait rentrée dans son crâne et plus d'Henri ! C'est parfois bien étrange à quoi tient la vie. Enfin le scout car ouvrit le feu et il aperçut tout au loin le peloton Lartigue qui lui aussi était en train de se battre.

Le sergent-chef Guyard était blessé. Lamy aussi. Il y avait du grabuge à un point auquel il fallait malheureusement se résoudre. Oui, se résoudre au fait qu'il n'y avait pas d'espoir de forcer le passage. Que faire ? Comment s'en sortir ? A quoi s'en tenir ? comment cela allait-il finir ? Guyard décida de revenir au pont de Petit-Landau. Il se replia du mieux qu'il le put avec le groupe d'infanterie. Fort, tenu entre sa vaillance et sur le fait qu'il avait échappé de peu à une mort certaine, décrocha seul à couvert de l'ennemi et rejoignit au pont où il apprit que Dupoizat et Biancheri ne s'en étaient pas sortis. Il eut une énorme pensée pour eux. Ce brave Dupoizat allait lui manquer ! Un ami de cette trempe, ça ne s'oubliait pas. Meme s' il ne connaissait pas Biancheri, il n'y pensa pas moins. Et Brissaud, où était-il passé celui-là ? S'en était-il sorti ? Ah sacrée foutue guerre ! Ah sacrées vaches que ces Boches bons que pour la baïonnette et le court bouillon ! en cet instant, au pont, formé en carré pour passer la nuit, le groupe restait pensif mais sur le qui-vive. Henri ne mangea pas, il n'avait pas faim. Il s' allongea un peu pour récupérer avec toujours l'orchestre du canon et des mitrailleuses pour le bercer et s'endormit comme il le put.

*

Pendant que ces événements se déroulaient entre feu et bravoure empourprés de larmes à l'œil, le pont fut attaqué par une dizaine d'hommes. Le fusil mitrailleur du groupe d'escadron porté et la mitrailleuse de Devernay les mit rapidement hors de combat.

Tout l'après-midi, le peloton Lartigue allait se battre contre des fantassins allemands qui étaient en bon nombre sur la lisière du bois face à Habesheim. Vers 17h00, il s'installa à la voie ferrée. Un peu avant, durant ce même après-midi, le lieutenant Martin en deçà des événements passés, avait envoyé une patrouille à pied dans la direction du Pont-du-Bouc. Le canon d'assaut l'appuya. Ce qui renforça sa confiance et le rassura. A la lisière de la Hardt, La Hardt étant une forêt de plaine caractérisée par une certaine sécheresse (600 mm de pluie par an dans la partie nord) et qui s'étend de Kembs jusqu'à Colmar entre l'Ill et le Rhin, sur l'ancien cône de déjection glaciaire du Rhin, il surprit une pièce de mortier mais il eut le temps de faire fuir les servants, sans penser une seule seconde que la grande bataille de la Hardt débutera le 28 novembre 1944 à 10 h 00.

L'attaque sera confiée au 1er Régiment de Tirailleurs Marocains appuyé par des unités de chars, d'artillerie et du génie de la 1ère DB et donc aussi le RICM. L'objectif fixé par le général de Lattre De Tassigny visera, par un mouvement tournant à travers la forêt, à prendre à revers la ligne de défense que les Allemands organisaient au nord de Mulhouse afin de la rompre et de poursuivre l'offensive en direction d'Ensisheim, de Colmar et du Rhin. Ce qui sera une autre aventure à une semaine prés.

Plus loin, il tomba sur un poste important. Après avoir tiré quelques obus, celui-ci se replia sous l'assaut tenace emporté par sa hargne et sa bravoure. Il était fier et cela valorisait son statut de Lieutenant.

La nuit tomba accompagnée par l'artillerie boche qui servait généreusement. Ces canailles ne lâchaient rien. Le 2eme escadron arriva à Habsheim. Entre peur et serment de ne pas se laisser surprendre par l'ennemi, les tours de gardes augmentèrent et les hommes en faction redoublaient de vigilance, le froid commençant à givrer le contour de leurs cernes approfondis par le manque de sommeil. En ce 24 novembre, le reste de la nuit fut calme jusqu'à 4h00 du matin au Pont-de-Petit-Landau. C'est alors qu'une section ennemie tente un assaut. Celle-ci fut vite refoulée grâce au courage des soldats français. Des bruits intenses de chars résonnèrent dans le bois. Les hommes restèrent à couvert et chaque binôme se couvrait au possible. Oui ! Se couvrir les uns les autres pour ne pas risquer l'impensable, surtout ne pas se mettre à découvert sachant que la menace régnait toute proche. Ce bruit de moteurs en était la preuve même lorsque sur les coups de 7h00, la clarté environnante permit d'apercevoir deux gros chars, des Panther, qui s'étaient installés au carrefour où s'étaient déroulés les incidents de la veille. Leur prestance, sous le lever du jour, impressionnait le caractère bien tranché des soldats français. Tout espoir de rentrer avec les voitures était perdu. L'ordre fut donné de les enflammer et de se replier ensuite à travers les bois en direction du Sud puis de se rabattre ensuite vers l'Ouest.

Vers 8h30, l'adjudant Césari, fier de cet arraisonnement faisant ressortir sa force de caractère, partit avec une patrouille du 3éme peloton, dont Brissaud, renforcée par des hommes du 2ème. Il devait essayer tant bien que mal, de faire liaison avec la garnison du pont de Petit-Landau. Dès la lisière il se retrouva nez à nez avec les Allemands. Ils étaient coriaces ! Flux d'émotion abrasive secouée par la ténacité de l'ennemi, quoi qu'il en fut, il fallait en venir à bout ou tout du moins éviter de se faire massacrer sans prendre de précautions inutiles. en attendant, Il progressa doucement avec prudence et tomba sur deux chars. Généré par la prudence, il se replia en traversant le terrain découvert qui séparait le bord du village. A peine arrivés là ils furent pris sous le feu. Ils ripostèrent à la seconde même. Césari, arme à la hanche, tira dans le tas.

– Allez-y mon adjudant ! Arrosez-les ! On vous couvre ! lança Procida.

A peine celui-ci eut-il prononcé ces mots qu'une ultime balle eut raison de lui. Il mourut avec une dernière pensée pour sa famille dont il n'avait plus de nouvelles depuis au moins six mois. Légèrement à bout de souffle, Brissaud qui s'était joint au combat, réarma son fusil et n'hésita pas à tirer. Il fit mouche. L'allemand tomba à terre. Il entendit siffler la balle que celui-ci avait eu le temps de tirer. Ouf ! Il avait eu chaud sur ce coup-là ! Foi de Brissaud ! Il espérait de tout cœur que Henri s'en soit tiré après ces durs derniers jours.

9h00 arriva en fragrance d'émotion lorsque le capitaine Sartout donna l'ordre de départ. Les équipages emportèrent les mitrailleuses de 30 et les quartz des appareils radio. Ils n'allaient tout de même pas en faire cadeau aux Allemands ! Tout le reste fut saboté et brûlé. Dans les bois, ils rencontrèrent des patrouilles de Half Track et des automitrailleuses. Le bois fourmillait de boches. Ils jouaient à cache-cache comme l'on joue au jeu du chat et de la souris. « une souris verte, qui courait sous les balles… ».

Vers 10h00, au comble de leur stupéfaction un première classe lança :

– Dites mon adjudant, où est donc passé Guyard ?

– Comment ça ? Il n'est pas là ? Il nous suivait pourtant.

Ils venaient juste de s'apercevoir de l'absence de Guyard, qui blessé à la jambe, n'avait pu suivre l'allure.

– Bon, on continue à avancer ! envoya l'adjudant. Ne nous inquiétons pas pour lui. Il a une boussole et une carte. Il pourra peut-être s'en sortir.

La progression reprit et le détachement rejoignit la route de Sierentz à Habsheim. Certains des hommes regardèrent en arrière au cas où, mais sans grand résultat, en espérant que la chance soit du côté de Guyard.

A 11h00, des salves d'artillerie s'abattirent sur le village et l'ennemi attaqua en une fureur déterminée plus que jamais. Ils y avait un peu de tout ! Les Allemands avaient encore de la ressource ! Des Panther, des Mark IV et de l'infanterie essayèrent de déborder par le sud. Ils se dirigeaient vers le peloton Ménard du 2ème escadron. Non ! ils ne lâchaient pas l'affaire. On pouvait entendre au loin des :

– Ohne Gnade schießen ![3]
– wir dürfen sie nicht gehen lassen ![4]

Les hommes de Lartigue, résolus à ne pas se laisser déborder, tirèrent de toutes leurs armes en une ébullition de cartouches déterminée à vaincre. Le canon d'assaut de Bardes se joignit au concert. Cela détonnait en tout recoin répandant une poussière macabre et dévastatrice au péril de chacun. Le tir d'arrêt demandé à l'artillerie amie se déclencha ! Il était mené par les Buster, les 105 et par les Sherman.

La crête dominant Habsheim cracha au possible une pluie torrentielle de munitions sans merci. Les Tanks Destroyer tirèrent sur les chars ennemis qui n'osaient pas déboucher du bois ! C'était cela avoir la main forte et le fusil d'acier !

L'infanterie ennemie, à son grand désarroi, fut stoppée vers 15h00. Les attaquants eurent fort à faire mais après quelques coups de poing bien placés, ils tenaient les lascars au sol. Ils interrogèrent l'un des prisonniers allemand afin de savoir ce qu'il en était :

– Wie geht es dir ?[5] demanda un sergent qui parlait assez bien l'allemand.

– Pertes « shewer… » Noch nict reservieren ! Franzosishe bastarde ![6]

L'infanterie avait des pertes sévères, voulut leur annoncer le prisonnier, sous la peur d'être abattu. Il en

---

[3] Tirez sans pitié !

[4] Il ne faut pas les laisser passer !

[5] Comment ça se passe là-haut ?

[6] – Pertes… sévères… Réserve pas encore… Salauds de français !

tremblait presque. Mais la compagnie de réserve n'avait pas encore été engagée. Deux chars ennemis brûlèrent en un capharnaüm de flammes et deux autres furent déchenillés. La fin de l'après-midi se déroula sans autres événements majeurs outre quelques incidents dus à une lancée d'obus sur le village. La déflagration fit des dégâts. La nuit arriva vite mais se déroula dans le calme. Ce qui laissa aux hommes un peu de temps pour se reposer et entamer la chanson de la coloniale cœur sur la main, bravoure à l'âme :

J'ai fait trois fois le tour du monde,
Jamais j'n'ai vu, jamais j'n'ai vu,
Chose aussi belle, chose aussi ronde,
Que l'trou d'mon cul, que l'trou d'mon cul,
Que l'trou d'mon cul, marsouin !

L'infanterie de marine, voilà mes amours,
Oui je t'aimerai, oui je t'aimerai toujours,
Oui je t'aimerai, je t'aimerai sans cesse,
L'infanterie de marine, voilà mes amours,
Oui je t'aimerai toujours ! Marsouin...

Cela faisait du bien de relâcher les nerfs le temps d'une chanson. Le tout arrosé d'une lichette de schnaps on recouvrait le moral qui s'était un peu perdu en route. Rien ne semblait ternir l'engouement des Français malgré les dernières heures éprouvantes qui venaient de s'écouler. Certains peut-être avaient les nerfs en pelote tandis que d'autres ne demandaient qu'à assouvir la soif d'un combat pour lequel ils s'étaient engagés. Ne leur avait-on pas dit qu'ils verraient du pays ? ça pour sûr ! Du pays qui devait retrouver sa liberté sans concession !

Le 25 novembre, après une légère tentative vers le sud du village enrayée par quelques salves d'artillerie qui secouèrent les troupes invasives, l'ennemi attaqua sur Rixheim. Le froid paraissait s'intensifier. La neige n'allait certes pas tarder à tomber. Les fantassins allemands avancèrent sur le terrain découvert mais sans se départir, les Français contre attaquèrent avec fougue et témérité qui paya bien. L'attaque fut vite stoppée à la joie de chacun et pour le malheur de l'ennemi.

Lartigue, dans la matinée, effectua quelques patrouilles aux abords du village et ramena le corps du pauvre Procida. Dur-dur. L'aspirant Bigeon, inspiré par sa fougue, fit une patrouille dans la même zone que la veille. Il repéra un poste allemand. Les artilleurs l'avaient aperçu aussi car un brouhaha déchirant torpilla le tout en un assaut meurtrier. Les Allemands en station furent tous tués sous le coup de l'assaut. La patrouille qui se trouvait trop près de l'ennemi fut obligée de se retirer précipitamment pour éviter de se faire trop arroser. Lartigue fut relevé par une compagnie de tirailleurs marocains. Il était temps ! Merci les coloniaux !

L'escadron, lui, se regroupa vers la gare et attendit la relève. Celle-ci paraissait de meilleure fraîcheur. Il commençait à en avoir besoin. Cette journée du 25 se déroula vite entre le froid et le bruit du canon résonnant qui, de sapins en sapins, se mêlait à l'évacuation des blessés et aux combats défensifs et subversifs. D'heure en heure, tout n'était qu'aboiements rauques de déflagrations et de liquéfiantes noirceurs de linceul propres à la guerre. La nuit du 25 au 26 novembre fut calme en deçà de quelques obus qui tombèrent sur le village. Les ruines s'y amoncelaient. Il ne restait plus grand-chose de lui. Vers 2h00 du matin, L'on entendit de lourdes détonations, des cris éperdus résonnaient en réveillant la froidure nocturne. Semences fatidiques, obsession implacable d'avoir peut-être perdu un ami, un obus venait de tomber malencontreusement sur le scout car Valette et l'incendia. Les obus et les cartouches explosèrent en un remous de bruits et de flammes meurtrières. Le scout car était bel et bien hors de service.

Dessous la froide gelée des 6h00 du matin, l'escadron prit la route de Magstatt. L'escadron, ayant besoin de panser ses blessures, s'y cantonna. Celui-ci avait grand besoin de répit. L' émotion portée en l'âme de chacun s'alourdissait et devenait éprouvante autant qu'elle méritait la médaille du souvenir en des limbes de tristesse et de désarroi. Granvillars, Battenheim, Habsheim avaient gravement touché son fleuret de bravoure. Henri pensa à son ami Dupoizat, à Biancheri. Il crut apercevoir Brissaud qui s'agitait sur une civière. Dieu merci, ce bougre était encore envie ! sourit-il.

Il toucha de son majeur le trou de son casque lourd que la balle avait transpercé. Oui ! pensa-t-il, il avait eu chaud ! Il aurait été si fier de le montrer à Dupoizat. Ah sacrée guerre ! Ah sacrés méandres de la chance et de la malchance ! Qu'allait-il se passer maintenant ? Comment allait se dérouler la suite de la campagne ? Qu'allaient être les ordres ? La semaine se passa effectivement entre la discorde des ordres et le soin des blessés. Tout se déroulait en un capharnaüm de ruines et de cadavres mêlés à l'épuisement des hommes qui essayaient, tant que possible, de recouvrer leur moral. La révision des armes et la remise en état des véhicules étaient de bon augure. Il en manquait à l'appel ! Trois scout car, trois Jeep, un Half Track ainsi qu'un canon de 57. Le capitaine Cochet quitta l'escadron et fut remplacé par le capitaine Aubinière. Celui-ci fut vite apprécié des hommes. Après un long discours pour le moral et la réorganisation des troupes, en remaniement d'intérêt militaire français, la route reprit enfin comme l'on reprend un labeur entamé afin de parvenir à un but certain. Le fanion du régiment volait par-delà l'avancée française tel un calicot de fierté propre à la France face aux troupes allemandes. Le froid et le pâle horizon de l'Est n'en démordaient point.

Dernière progression

La situation le long de la route Sierentz-Habsheim-Mulhouse se stabilisa. Soit l'ennemi reprenait des forces ou attendait des renforts avant de tenter une offensive. Quoi qu'il en fut, il n'y avait plus rien à faire concernant la reconnaissance. Les soldats français débarrassèrent les arrières de la zone de combat pour aller vers la frontière suisse. Cela dura un bon moment jusqu'au 6 décembre le temps d'arriver à Lutter.

Il était parfois difficile pour chacun de reprendre le souffle et le moral pour une prochaine aventure. Tout comme il allait être dur d'entreprendre tout de suite une progression vouée à un avenir incertain. Oui un avenir incertain là où la bravoure et le feu seraient susceptibles de semer ou pourraient éviter de semer le couperet d'un destin propre à chaque personne comme au sort d'une libération promise. Ce fut donc après réparations, ressources de moral, soins des blessés et rapatriements des presque mutilés, que l'escadron s'installa à Lutter pour quelques jours. Sur la route qui les menait, ils furent fêtés comme étant les premiers sauveurs à venir dans le coin. L'émotion était grande et ravivait fraîchement le moral et la fierté d'être considérés en partie comme les héros, presque des libérateurs même s'ils ne s'étaient pas battus chez eux. La libération n'était un fait réel qu'après leur arrivée. Le vin, le Schnaps, les Kugelhofs régalèrent les Français. Des guirlandes et des banderoles étaient suspendues au-dessus des rues. Henri eut la larme à l'œil. Il repensait que, cela tenant à peu de chose, il n'aurait pas vécu ce moment-là. L'expression de joie et d'émotion autant que le contentement ajoutés à la fierté pansaient le moral de tous. Henri retrouva son second ami Brissaud, qui Dieu merci, s'en était sorti. Il lui raconta ce qui lui était arrivé et lui annonça avec grand regret la mauvaise nouvelle pour Dupoizat et Biancheri.

– Ah ! Sacré Fort ! ça c'est fort !

Henri sourit et se dirigea vers le poste de réapprovisionnement pour prendre possession de ses ravitaillements. Aujourd'hui le ciel se marbrait d' un bel éclat de soleil après la tempête.

Dans ce petit village qui portait son charme même au-delà des ruines victimes causées par les derniers bombardements et des derniers combats, des amitiés se lièrent, des projets d'avenir s'échangèrent et voulaient prendre vie. Certains, soucieux de l'accroissement de la France y laissèrent d'humbles souvenirs. On y conta longtemps la campagne de ces dix derniers jours. Oui ! Dans ces rudes journées et difficiles nuits du 17 au 26 novembre, le 3ème escadron du RICM avait progressé de plus de 120 kms depuis sa base de départ. Il avait touché au Rhin, le premier de l'armée française. Il avait laissé comme un bel avant-goût de libération au sein de l'Alsace. Il avait, durant cette période, été fait plus de cent prisonniers. L'escadron avait tué au moins son effectif d'ennemis mais avait, avec douleur, perdu aussi nombre de ses fidèles et braves soldats. Treize morts jalonnaient sa route en de vains souvenirs guerriers signalés : « Morts pour la France ! ».Plus de trente blessés avaient rejoint les hôpitaux. L'un des adjudants-chefs lança avec émotion :

– Ce qui importe avant tout est de rendre hommage aux braves coqs eux-mêmes sans lesquels un Capitaine n'est rien, un escadron n'est que fantôme ! Une unité élémentaire c'est d'abord des hommes. Il y a quelques années, un ancien chef de corps du RICM m'avait dit, alors que nous étions dans les colonies : « les escadrons du régiment sont des tanks. Les Capitaines doivent seulement maintenir leurs chenilles et leurs canons sur la piste ». Eh bien c'est vrai, le 3 en est une ! La force de l'escadron est d'avoir toujours su tirer sa puissance de l'esprit de famille qui y règne, de cette camaraderie verticale et horizontale que rien n'a jamais rompu, de cette amitié d'arme qui nous relie quotidiennement par les tripes, de cette saine confiance mutuelle que d'autres souhaiteraient tant posséder. C'est pourquoi nous sommes arrivés jusqu'ici ! Ses Marsouins me manqueront, nos amis perdus durant cette longue semaine me manquent déjà ! Mais la foi, l'engouement, l'enthousiasme puis la bravoure et le feu resteront puissants et persuasifs pour entraîner et former les jeunes recrues qui nous arrivent aussitôt pour combler les vides et les faire s'égaler à nous, leurs ainés, entre bravoure et feu le temps de crier haut et fort :

« « Nom de Dieu ! Vive la coloniale ! Vive la France ! »

Tout en sachant que rien n'allait s'arrêter pour les troupes car déjà au lendemain la fière, difficile, meurtrière et valeureuse campagne d'hiver allait débuter sous la direction du lieutenant Martin. Pendant la nuit du 26-27 novembre, Hitler allait donner son accord mesuré pour retirer le flanc sud de la 19éme Armée vers le nord et approuver les directives pour placer les forces de Wiese en position défensive sur le Rhin, dans une tête de pont articulée autour de Colmar. Décision accélérée par le fait que les Commandos de Choc et les éléments avancés de la 1re DFL se soient emparés de Masevaux, menaçant ainsi les positions du IV. Luftwaffe-Feld-Korps sur la Doller. Initialement, le défensif avait sa base le long du Rhin, soit sur 40 km entre Erstein et Mulhouse. On entendra alors résonnant encore dans l'échos des bribes de cris et d'exclamations, dés le 27 novembre, telles que : « L'Alsace, Macevaux. Le pays des mines, ça saute partout. Depuis ce moment, je suis comme fou. Les obus ne sont rien, mais les mines…, blessés sur blessés. »

« Une boite avec une croix rouge, c'est une mine, un mort. »

Encore une, un stylo, un révolver, un fusil, tout sera miné ! dans les fossés, tous les 50 cm il y a une mine. Des brancardiers s'approcheront d'un blessé, il leur criera « Ne me touchez pas, ils m'ont miné ces vaches ! »

En effet, il y avait 6 mines en dessous. Au centre, elle s'étendait sur plus de 22 km à l'ouest jusqu'aux Vosges.

L'OKW et l'OKH seront alors d'accord sur un point : sans les renforts nécessaires, la 19^{éme} armée ne pourra tenir Colmar plus de trois semaines, soit jusqu'au déclenchement de l'Offensive des Ardennes. En revanche, si la tête de pont tenait plus de temps, les forces allemandes encore en Alsace pourront créer un large abcès dans les deux flancs du VIth Group.

Oui la continuité des combats sans relâches allait perdurer après avoir laissé l'escadron meurtri et fatigué après s'être auréolé d'une gloire éclatante. Eclatante encore ce jour dans le cœur de l'armée française qui n'aura jamais de cesse de vaincre et de mourir telle une légion veillant sur la nation tandis que pensif et nostalgique, le deuxième classe Henri Fort s'envolait vers le Golfe du Tonkin où l'attendaient maintes aventures guerrières sans savoir encore qu'il serait l'un des survivants de la seconde guerre mondiale avant d'entamer celle de l'Indochine comme celle de l'Algérie bien plus tard. Autant que sur le fil de la vie d'après-guerre il donnera naissance à deux garçons et une fille qui lui offriront des petits enfants. Des petits enfants qui n'auront de cesse de penser à lui jusqu'à ce jour où ces lignes prendront vie pour mieux perpétuer sa mémoire comme la mémoire de tous ceux et celles qui auront vécu cet holocauste.

fin

Documents annexes et archives

Le R.I.C.M. est cité pour la part remarquable a prise dans les combats livrés du 17 au 26 Novembre 1944.

Le 17 Novembre au cours de la lutte acharnée menée dans la Trouée de BELFORT, le Régiment, après que sa Division eut percé le dispositif ennemi dans la région GLAY HERIMONCOURT, s'enfonce dans la brèche, empruntant de nuit des itinéraires minés et barrés par des obstacles défendus par l'infanterie.

Le matin suivant il conquiert, après avoir réduit une résistance opiniâtre, DELLE, important point de passage.

Continuant son avance, il traverse la LARGUE et, premier de toutes les Unités Alliées, entre en Alsace, s'emparant de l'important village fortifié de SEPPOIS. A cette occasion la vigueur de son attaque jointe a la surprise réalisée lui permettent de faire plus de 100 prisonniers, de s'emparer de deux canons de 88 et d'un très important matériel.

Surclassant alors un ennemi opiniâtre mais dès ce moment désorganisé, le Régiment poursuit sa progression de nuit et, dans la matinée du 19, se fraye un passage jusqu'a KEMBS au bord du Rhin. Epuisé, réduit a 2 escadrons, il n'en continue pas moins sa marche en avant a l'Est de MULHOUSE et atteint BATTENHEIM où, en dépit de l'infériorité de ses moyens, il couvre la plus grande partie du dispositif, résistant a des contre-attaques nombreuses menées par des forces ennemies supérieures. A SUARCE, le 20 et le 21, a l'Ile NAPOLEON, a HABSHEIM le 24, et jusqu'a sa relève le 26 Novembre, il repousse de multiples contre-attaques menées par de l'infanterie appuyée par des chars lourds.

L'extrême héroisme et l'ardeur montrés par le R.I.C.M. qui a réalisé une percée à travers des résistances organisées et âprement défendues, reflètent les plus hautes vertus de l'Armée Française.

Cette citation donne droit au

Soldat FORT Henri

qui a participé avec le R.I.C.M. aux opérations en HAUTE-ALSACE au port permanent de l'insigne du „Distinguished Unit".

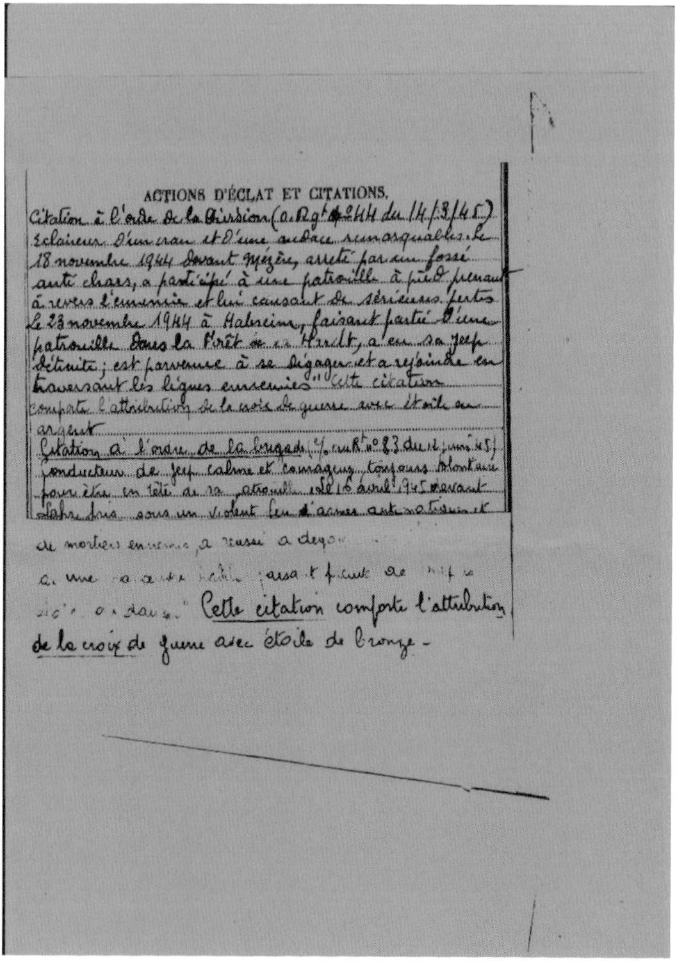

ACTIONS D'ÉCLAT ET CITATIONS.

Citation à l'ordre de la Division (O. Rgt n° 44 du 14/3/45)
Éclaireur d'un cran et d'une audace remarquables. Le 18 novembre 1944 devant Mézière, arrêté par un fossé anti chars, a participé à une patrouille à pied prenant à revers l'ennemi et lui causant de sérieuses pertes. Le 23 novembre 1944 à Habsheim, faisant partie d'une patrouille dans la Forêt de la Hardt, a eu sa jeep détruite ; est parvenue à se dégager et a rejoint en traversant les lignes ennemies." Cette citation comporte l'attribution de la croix de guerre avec étoile en argent.

Citation à l'ordre de la brigade (O. Rgt n° 83 du 12 juin 45)
Conducteur de jeep calme et courageux, toujours volontaire pour être en tête de sa patrouille. Le 16 avril 1945 devant Lahr, pris sous un violent feu d'armes automatiques et de mortiers ennemis, a réussi à dég[illegible] [illegible] faisant [illegible] [illegible]." Cette citation comporte l'attribution de la croix de guerre avec étoile de bronze –

Le R.I.C.M. est cité pour la part remarquable [illegible] a prise dans les combats livrés du 17 au 26 Novembre 1944.

Le 17 Novembre au cours de la lutte acharnée menée dans la Trouée de BELFORT, le Régiment, après que sa Division eut percé le dispositif ennemi dans la région GLAY HERIMONCOURT, s'enfonce dans la brèche, empruntant de nuit des itinéraires minés et barrés par des obstacles défendus par l'infanterie.

Le matin suivant il conquiert, après avoir réduit une résistance opiniâtre, DELLE, important point de passage.

Continuant son avance, il traverse la LARGUE et, premier de toutes les Unités Alliées, entre en Alsace, s'emparant de l'important village fortifié de SEPPOIS. A cette occasion la vigueur de son attaque jointe a la surprise réalisée lui permettent de faire plus de 100 prisonniers, de s'emparer de deux canons de 88 et d'un très important matériel.

Surclassant alors un ennemi opiniâtre mais dès ce moment désorganisé, le Régiment poursuit sa progression de nuit et, dans la matinée du 19, se fraye un passage jusqu'a KEMBS au bord du Rhin. Epuisé, réduit a 2 escadrons, il n'en continue pas moins sa marche en avant a l'Est de MULHOUSE et atteint BATTENHEIM où, en dépit de l'infériorité de ses moyens, il couvre la plus grande partie du dispositif, résistant a des contre-attaques nombreuses menées par des forces ennemies supérieures. A SUARCE, le 20 et le 21, a l'Ile NAPOLEON, a HABSHEIM le 24, et jusqu'a sa relève le 26 Novembre, il repousse de multiples contre-attaques menées par de l'infanterie appuyée par des chars lourds.

L'extrême héroisme et l'ardeur montrés par le R.I.C.M. qui a réalisé une percée à travers des resistances organisées et âprement défendues, reflètent les plus hautes vertus de l'Armée Française.

Cette citation donne droit au

Soldat FORT Henri

qui a participé avec le R.I.C.M. aux opérations en HAUTE ALSACE au port permanent de l'insigne du

NOS MORTS

19- 1-44. MARINO Guy, 1re Classe.
19- 4-44. LAFFITTE, 2e Classe.
20- 8-44. DARA, Tirailleur.
20- 8-44. COLETTA Raoul, 2e Classe.
22- 8-44. BURK Fred, Sergent-Chef.
23- 8-44. PARISEY René, 1re Classe.
11- 9-44. RICHARD Pierre, Caporal.
12-9- 44. LE HARDY Georges, 1re Classe.
25- 9-44. DEVIGNE Georges, 2e Classe.
18-11-44. SOTUM Robert, Lieutenant.
18-11-44. POCHARD Maurice, Sergent.
18-11-44. SOUBAUX Alphonse, Caporal-Chef.
18-11-44. SERINDAT Marcel, 2e Classe.
18-11-44. KIMBERG Bernard, 2e Classe.
20-11-44. VIDAL Robert, Caporal-Chef.
20-11-44. ROCHET Georges, Caporal.
20-11-44. CHARPENTIER Norbert, Sergent-Chef.
21-11-44. LOISEAU Jean, 2e Classe.
21-11-44. DUCHEMIN Maurice, 1re Classe.
23-11-44. DUPOIZAT Jean, Caporal.
23-11-44. BIANCHERI Pierre, 2e Classe.
24-11-44. PROCIDA Ange, 1re Classe.
8- 2-45. DE TIENDA Jean, Aspirant.
6- 3-45. DUTEL Robert, 2e Classe.
3- 4-45. WILBAUT Edouard, Caporal.
5- 4-45. CESARI Simon, Adjudant-Chef.
5- 4-45. DASVIN Henri, Caporal-Chef.
5- 4-45. HELARY André, Caporal.
5- 4-45. REVELLE François, 2e Classe.
5- 4-45. DEGAUDENZI Louis, 2e Classe.
5- 4-45. MARCAY Eugène, 2e Classe.
5- 4-45. BERTRAND Roger, 2e Classe.
5- 4-45. VERNAZZA Albert, 2e Classe.
13- 4-45. GARIN Léon, 2e Classe.
16- 4-45. BRISSAUD René, Sergent.
21- 4-45. GIMENEZ Emmanuel, 2e Classe.
21- 4-45. GAUTHIER Albert, 2e Classe.

SOUVENEZ-VOUS

— 77 —

Hymne de l'infanterie de marine

Dans la bataille ou la tempête
Au refrain de mâles chansons
Notre âme au danger toujours prête
Brave la foudre et le canon.
Homme de fer que rien ne lasse,
Nous regardons la mort en face
Dans l'orage qui gronde ou le rude combat

En avant !
Pour faire un soldat de marine
Il faut avoir dans la poitrine
Le cœur d'un matelot ou celui d'un soldat

Souvent dans la zone torride
La dent du tigre ou du lion
La fièvre ou la balle homicide
Vient décimer nos bataillons
Alors vers la mère Patrie
On voit crispé par l'agonie,
Dans un suprême effort notre front se retourner

En avant !

Et notre regret unanime
Chère France, ô pays sublime !
C'est de n'avoir qu'une vie à donner

Sois fier soldat de marine
La victoire aima tes chansons
Et ton front bruni qu'illumine
L'éclat des grandes actions
Du Bosphore à la Martinique
Du Sénégal au Pacifique
On voit de ton drapeau resplendir les trois couleurs

En avant !
La gloire t'a pris sous son aile
Car à l'honneur toujours fidèle
Tu meurs en combattant ou tu reviens vainqueur

En Crimée à chaque bataille
Nous aussi nous avons pris part
De Malakoff sous la mitraille
Nous escaladions les remparts
À l'aspect de notre uniforme
L'ennemi palissant bien des fois recula

En avant !
Et sur notre front qui rayonne
On peut voir la triple couronne
Des lauriers de Podor d'Inkermann et d'Alma

Quand la Prusse inondant la France
Sur nous déchaînait ses fureurs
À ses balles comme à ses lances
Nous avons opposé nos cœurs
Et quand rugissait la bataille
Nos fronts meurtris par la mitraille

Sanglants mais indomptés défiaient les vainqueurs

En avant !
À Bazeilles, la Cluze et Neuville
En combattant cent contre mille
Le succès nous trahit mais nous gardions l'honneur
Sans cesse prêts à tout combattre
Vaillants soldats de nos grands ports
Non, rien ne saurait vous abattre
Vous qui ne comptez point vos morts
Vous réduisez Chinois, Canaques
À vous Madagascar l'Anaux et le Tonkin

En avant !
Aussi le ciel sous sa coupole
Inscrit encore en auréole
Son-tay et Nouméa, Tamatave et Pékin

Un jour viendra chère espérance
Où l'ardent appel des clairons
Fera surgir pour notre France
Des vengeurs et nous en serons
Alors pour nous quelle fête
Nous donnerons des sœurs cadettes
Aux victoires d'Iéna, d'Auerstadt, de Stettin

En avant !
Oui nous aimons les saintes guerres
Car le sang des héros nos pères
Dans nos veines en feu ne coule pas en vain.

Autre chant régimentaire

Mon régiment est le premier de France
RICM dont le drapeau flottant
Des grands aînés rappelle la vaillance
Debout les gars et toujours en avant.

Les jours de défilé, de l'Arche à la grand place
Depuis le Colonel jusqu'au moindre soldat
Peuple regarde bien c'est une âme qui passe
Dans tout le régiment c'est un seul cœur qui bat.

De tous les régiments il en est un que j'aime
Plus que tout autre corps de servir dans ses rangs
C'est un honneur si grand que le plus grand lui même
Plein d'un profond respect frissonne en y songeant.

Nous aimons posséder la gloire toute nue
Il faut voir au combat monter nos escadrons
Nos briscards chevronnés et nos jeunes recrues
Dieu nous donna du cœur et nous le détaillons.

Garde à vous c'est la guerre le peuple nous regarde
Montrons nous courageux et digne du passé
Que partout où nos morts montent l'ultime garde
On dise un jour de nous ils les ont égalés !

[illegible] du 4 Mars 194[illegible]

DECISION N° 361

Sur proposition du Ministre de la Guerre, le Président du Gouvernement provisoire de la République Française, chef des armées, **C I T E :**

A L'ORDRE DE L'ARMEE :
LE REGIMENT D'INFANTERIE COLONIALE DU MAROC

Régiment de reconnaissance de la 9e D.I.C., aux ordres du lieutenant-Colonel Le Puloch, instructeur et animateur remarquable. S'est distingué au moment du débarquement en France, en imposant le 28 Août 1944 la reddition de la presqu'île fortifiée de Saint-Mandrier, dernier épisode de la chute de Toulon. A contribué en septembre, dans la boucle du Doubs, a assurer la couverture des avancées de la crête du Lomont. Le 17 novembre, après la rupture par la division, du dispositif ennemi dans la région de Hérimoncourt-Clay, s'est engouffré dès le soir dans la brèche faite et de nuit, malgré mines et barricades défendues, a entamé une exploitation qui devait le conduire jusqu'au Rhin et aux lisières de Mulhouse. A enlevé de vive force, le 18 au matin, Delle, point de passage essentiel, y faisant 300 prisonniers. Poursuivant sans arrêt, a franchi la Largue à Seppois, rentrant ainsi le premier en Alsace et s'emparant de deux canons de 88, d'un nombreux matériel et de plus de 100 prisonniers, dont 15 officiers. Continuant sa mission a poussé sans désemparer jusqu'au Rhin qu'il a atteint le 19 au matin, à Kembs, entamant ensuite le débordement de Muhouse par le Nord-Est et atteignant Battenheim. Malgré l'infériorité de ses moyens, a assumé enfin la couverture d'une partie du dispositif en s'engageant sans restriction, les 20 et 21, à Suarce et le 24, à l'île Napoléon et à Hamcheim, contre une infanterie mordante disposant de chars lourds. A ainsi clos une chevauchée qui demeurera dans l'histoire militaire de cette campagne et renoué splendidement avec les traditions glorieuses du Régiment d'Infanterie Coloniale du Maroc de la Grande Guerre.

ooOoo

L'octroi de la présente citation au

Soldat FORT Henri

qui faisait partie du R.I.C.M. au moment des opérations d'ALSACE, lui confère le droit au port permanent de la double fourragère [illegible]

Tous mes humbles remerciements à mon papa Jean-Jacques Fort et à sa femme Sylvie Fort qui ont grandement participé à la réalisation de ce livre autour des documents qu'ils ont leur possession concernant mon grand-père et au récit que celui-ci en aura raconté autant que je tiens à remercier chacun et chacune de mes lecteurs et lectrices. Pensées à tous les anciens combattants qui bravent le feu et les campagnes au prix d'une liberté indicible.

A bientôt
Frédéric

Cet ouvrage a été composé par Edilivre

194 avenue du Président Wilson – 93200 Saint-Denis
Tél. : 01 41 62 14 40 – Fax : 01 41 62 14 50
Mail : client@edilivre.com

www.edilivre.com

Tous nos livres sont imprimés
dans les règles environnementales les plus strictes

ISBN papier : 978-2-414-43777-1
ISBN pdf : 978-2-414-43825-9
ISBN epub : 978-2-414-43821-1
Dépôt légal : mars 2020

Imprimé en France, 2020

Printed by Amazon Italia Logistica S.r.l.
Torrazza Piemonte (TO), Italy

21595196R00060